みつばの郵便屋さん

先生が待つ手紙

小野寺史宜

ポプラ文庫

contents

小野寺史宜

みつばの郵便屋さん

先生が待つ手紙

Mitsuba's Postman

Onodera Fuminori

シバザキミゾレ

「こんにちは。郵便です。柴崎敦子（しばざきあつこ）様に書留（かきとめ）をお届けに伺いました」

「はい。待ってください」

プツッと小さな音がして、インタホンの通話が切れる。

ガツッと大きな音がして、ドアのロックが解除される。

厚いガラスがはめ込まれたその重いドアを開け、居住スペースに足を踏み入れる。正面にあるエレベーターのところへ進み、△ボタンを押す。スルンとドアが開く。乗りこむ。


　こうして書留なんかがあるときは、エレベーターに乗る。ないときは乗らない。マンションの一階には、集合ポストという、実にありがたいものが設置されているからだ。もしそれがなかったら、毎日の配達は本当に大変だと思う。かかる時間と手間は、倍どころじゃすまない。

三階や四階くらいまでなら、階段をつかうこともある。だが十一階となると、そうもいかない。仕事の効率が悪くなるので、申し訳ないが、エレベーターをつかわせてもらう。まだ二十五歳とはいえ、そこまでの体力はない。ただし、利用する際はなるべく一人で乗る。住人の邪魔にならないよう気をつける。

午前中の静かなマンションの内部で、エレベーターは、ヒュ〜ン、と夜の冷蔵庫のような音を立てて上り、十一階に着いた。

降りて左、一一〇三号室の前へ行き、ドアのわきにあるインタホンのボタンを押す。

ウィンウォーン。

そこでの通話は省かれて、なかからドアが開く。

顔を出したのは、女子。中学生ぐらいの女子だ。髪が長めの。

「こんにちは。郵便です。書留がありますので、ご印鑑をお願いします」

淀みなくそう言うあいだに、女子の表情が変わる。気づかれた。

「春行（はるゆき）」

特に質問というわけでもなく、その言葉が口からこぼれ出る。

「はい？」

「に似てる」

「あぁ。たまに言われます」

そこは否定しない。たまにではなく、よく言われる。似ているものは似ているのだからしかたがない。似ていること自体は認めてしまう。

普通はその「春行」をせいぜいノドのあたりでとどめておくものだが、たまにはこうして口にしてしまう人もいる。特に、女子。

こうなることが多いので、なるべくヘルメットはとらない。おもしろいもので、ヘルメットをかぶっているだけで、気づかれる確率はかなり低くなるのだ。

だから、戸建てのお宅を訪ねる場合は、かぶったままでいる。だがマンションではとる。集合ポストがある場所は屋内が多い。とらなきゃ失礼かと思ってしまうのだ。

「すごいね。そっくり」

「すごくはないですよ。ただ似てるだけです」

「ほんとに春行が来たのかと思った。何かの番組とかじゃないんでしょ？」

「じゃないです。書留の配達です」そして、一応、確認する。「柴崎敦子さんは、こちらでよろしいですか？」

「はい。わたしではないけど。わたしは、みぞれです。えーと、娘」

「あぁ。そうですか」

「確認とか必要、ですか？」

「いえ、だいじょうぶです。こうやって、直接お訪ねしてますし」

単なる居住確認のつもりだったのだが、誤解させてしまったらしい。

逆に、そんなふうに女子が不用意に名前を明かすのは危険ですよ、と言ってあげたくなる。柴崎みぞれさんのほうこそ、ぼくを疑ってかかるべきなのだ。ニセ春行なだけでなく、ニセ郵便局員かもしれないのだから。

「で、えーと、ご印鑑、いいですか?」

「あ、そうそう。ちょっと待って」

柴崎みぞれさんは奥に引っこみ、すぐに戻ってきた。

はい、と印鑑を預けてくるので、ぼくがそれを捺(お)す。配達証をはがして書留の封書を渡し、印鑑も返す。封書は右半分が硬い。クレジットカードが入っているのだろう。

「郵便屋さん、ほんとに春行じゃない?」

「ちがいます」

ぼくは春行ではない。だから、そう言える。うそにはならない。

「兄弟とかでもない?」

痛いとこを突かれた。春行とまちがわれることは多い。だがちがうと言えば、普通はそこ止まり。その先まで突っこんではこない。突っこんでくる人がいるなら、それはやはり女子だ。中学生から大学生あたり。春行のファンが多い世代。

「それもよく言われるんですけどねぇ」と、ごまかしにかかる。

ねぇ、と語尾を伸ばすことで、話をうやむやにしようとする。兄弟でもないと言っているのだと勘ちがいさせたい。うそはつかないまま終わらせたい。

「言われるけど？　兄弟じゃないの？」

「ええ」と言ってしまう。

これもうそにはならない、とまだ思っている。ええ、おっしゃるとおり兄弟です、の、ええ、のつもり。そう自分に言い訳する。苦しい。

「何だ。残念」

「すいません。本人じゃなくて」

「よかったよ、本人じゃなくて。本人なら緊張しちゃうもん。春行から受けとれないよ、郵便物なんて」

いや、それは受けとれるでしょ、と思ったが、言わない。弟だから簡単に言えるが、他人ならそう思うのだろう。

「どうもありがとうございました。では」と去ろうとした。

が、柴崎みぞれさんが言う。

「ほんとは出ないの」

「はい？」

「インタホン。でも、家にいるなら、出て、郵便物を受けとりなさいって言われたから」

「あぁ。誰に、言われたんですか？」

「母親の人に。近々書留が来るからって」

「母親の、人」

「意味ありげでしょ」

「ありげ、ですね」

「気になる？」

「いえ」

気にはならない。ぼくが気にすることではない。ただ、それとは別のところで、不思議には思う。今は平日の午前十一時だ。そして柴崎みぞれさんは、どう見ても健康な中学生。いや、もしかして。健康ではないのか？

「中学二年生が、平日なのに家にいるんだよ」

「えーと、カゼをひいてるとか」

「ひいてない。超健康。病気、ほとんどしない。したのは、二年前のノロが最後。でもあれはウイルスのせいだから、わたしは悪くない」

その理屈に、つい笑った。言いたいことはよくわかる。子どもがカゼをひいたりすると、決まって親は言うのだ。ほら、見なさい。夜更かししてるからよ。うがいや手洗いをしないからよ。

「ノロにかかったことが、あるんですか」

「うん。小六のとき。知ってる？　あれ、すごくキツいんだよ。お腹がずーんと痛くてね、一日三十回はトイレに行くの。そう言うとみんな大げさだと思っちゃうんだけど、ちっとも大げさじゃないの。だってわたし、かぞえたんだから。トイレに行って、すませて、フトンに戻るでしょ？　でもまたすぐに行けるの、トイレ。行きたくないのに行けちゃうの。苦しいよぉ、ほんと。脱水症状にならないよう、スポーツドリンクとかをいっぱい飲みなさいって、お医者さんに言われるの。で、飲んだらすぐ出る。もう、飲まなくても出る。何なの？　って感じ」

柴崎みぞれさんはそこで口をつぐみ、こちらを見る。

ん？　とぼくは視線で問いかける。

「トイレとか出るとか、下品だと思った？　女子なのにって」

「いえ。女子でも、出るものは出ますから」

というそれが下品だな、と思った。マズい。ヘタをすればセクハラだ。

「郵便屋さんも、ノロには気をつけたほうがいいよ」

「そうします。気をつけます」

「といっても、気をつけようがないけどね。わたしだって、どこからうつったのか、全然わからなかったし」

「家の人は、だいじょうぶだったんですか？」

「うん。ノロだろうってお医者さんに言われてからは、かなり気をつけたし。それでもうつることが多いらしいけど、ウチはだいじょうぶだった。次の日からは、学校もしばらく休んだよ。そう。だから今とちがって、そのときはきちんと病気で休んだ」

きちんと病気で。その言葉が耳に残る。今はちがうわけだ。

「じゃあ、これ、母親の人に渡しとくね」

「はい。お願いします。ではこれで。ありがとうございました」そして言い足す。「ノロの情報も、ありがとうございました」

柴崎みぞれさんが、ちょっと驚いたような顔をしてから、ゆっくりと笑う。

＊　＊

エレベーターを降りてベイサイドコートのB棟を出ると、ぼくはエントランスホールのすぐ外に駐めたバイクのところへ戻った。

赤と白、ツートンカラーのバイク。90ccのタイプだ。原付免許があれば乗れると思っている人も多いが、90なので、乗れない。50ccのタイプもあることはあるが、パワーがちがうのだ。特に配達物の量が多くてバイクが重いときは、格段にそのちがいが出る。

制服のズボンのポケットからケータイを取りだして、画面を見た。早坂くんからの着信履歴がある。さっき柴崎みぞれさんと話していたときにポケットのなかでブルブルと震えたので、電話がきたことはわかっていた。

折り返しをかける。

「もしもし、早坂くん？　どうした？」

「よかった。平本さん、すいません。あの、一の八の五の武藤さんのところ、ハルカさんていましたっけ。えーと、晴れのちくもりの晴れに香水の香で晴香さん」

「その前に。一の十八の五だね、武藤さんは。八の五じゃなく」

「あ、ほんとだ。十八の五です。その武藤さん」

「晴香さんはいないね。昔住んでた娘さんだと思うよ。それは還付しちゃってだいじょうぶ。なはずだけど。でもごめん、一応、訊いてみて。もし実家に戻ってきたりしてるとあれだから」

「わかりました。訊いてみます」

「悪いね、仕事を一つ増やしちゃって」

「いえ。こっちこそ、邪魔しちゃってすいません」

「あとは、だいじょうぶ？」

「はい。だいじょうぶです」

「また何かあったら電話して」

「ありがとうございます」

「じゃあ」

「はい」

電話を切り、ケータイをポケットに戻す。後ろのキャリーボックスから取りだしたヘルメットをかぶり、バイクに乗る。

配達区の住人全員の名前を記憶しているわけでは、もちろん、ない。ただ、この手の引っかかりが多い何々家の誰々は、自然と覚えてしまうものなのだ。配達をこなすたび、そうした情報は増えていく。

歩道の前で一時停止し、左右を見た。杖をついた人が片足を引きずりながら歩いてきたので、通りすぎるのを待つ。

高齢者ではない。三十代半ばぐらいの男性だ。この時間帯にこの辺りでよく見かける。杖はアルミ製で、ひじ付近に固定具が付いている。事故に遭ったか何かで、リハビリの最中なのだろう。顔に汗をかいている。歩くだけでかなりキツそうだ。

何となく目が合い、あちらが頭を下げてくれるので、あわててこちらも下げる。逆に急かしてしまったかと、恐縮する。

男性の背後すれすれを通ることにならないよう充分に間を置き、もう一度左右を見て、ベイサイドコートの敷地から車道に出た。

バイク乗りにとって、四月はまだ寒い。暑がりか寒がりかで言えば寒がりのぼくは、今なお防寒着を着ている。

それでも、吹く風に、肌を刺す感じはなくなった。一月二月の風は、本当に刺すのだ。カラカラに乾いているから、実際に肌がひび割れ、血が出たりもする。特に、指の爪の周り。ここが裂けると、とても痛い。またその裂け目を、ハガキの角が容赦なく抉ったりするのだ。

その時期は、犬のように、鼻が常に濡れた状態になる。洟はもう、いくらでも出る。涙が涸れることがあるのかどうかは知らないが、洟が涸れることはない。それは知っている。身をもって証明してもいる。

この四月から、ぼくはみつば二区、わかりやすく言えば三、四丁目のマンション区を担当することになった。戸建てが多い一、二丁目のみつば一区。国道の向こう、高台にある四葉全域の三区。その二つに続く、三つめだ。

マンション区の場合、軒数や配達物数は多いが、バイクでの移動距離は短い。だから強烈な寒さに見舞われることは少ないが、その代わり、心地よい風に当たれることも少ない。冬はいいが夏はツライ区、とも言えるだろうか。ただ、なかには、夏でもそちらのほうがいいと言う配達員もいる。集合ポストがあるエントランスホールは、たいてい冷房が効いているからだ。

肌を刺しはしないが気持ちは引き締めてくれるその四月の風を楽しみつつ、ぼくはバイクを走らせる。ビル風は予想外の方向から突然吹いてくることがあるから気をつけなければならないが、今日はそこまでの風もない。

風。と言えば、去年の春一番を思いだす。

その春一番で、みつば一区にあるアパート、カーサみつばの二階から洗たく物が飛ばされた。女性の下着だ。上に着けるほうではなく、下に穿くほう。飛ばされたその瞬間を目撃したぼくは、現物を持っていくのはマズいだろうと考え、二階の住人にただ報告した。洗たく物が、飛ばされてしまったみたいですよ、と。

その住人が、三好たまきだ。今のカノジョの。

ぼくより二つ上の二十七歳。だからしばらくは三好さんと呼んでいた。敬語もつかっていた。いつまでさん付けで呼ぶの？　と訊かれ、いつまでとは決めてないですけど、と答えたら、こう返された。

呼び捨てじゃなく、たまきってあだ名だと思えばいいのよ。実際、そういうことってあるじゃない。結果としては呼び捨てだけど、呼ぶ側はあだ名のつもりで呼んでる、みたいなこと。

なるほど、と思えた。だから今はたまきと呼んでいる。あだ名のつもりではないが、呼び捨てのつもりでもなく。

たまきとは、週に一度は会う。今週末も会うことになっている。土曜日の仕事を終えたら、ぼくがカーサみつばに行くのだ。

配達区にカノジョがいるのは、便利であり、不便でもある。便利なのは近いから。不便なのは、近すぎるから。わたしの郵便物のチェックとかしないでよ、とたまきには言われている。もちろん、たまきは冗談で言っているのだが、ぼくは必ずしも冗談とは受け止められない。実際にチェックしようと思えば、簡単にできてしまうから。

でもこのところ、ぼくがみつば一区を担当することは少ない。四月一日付けでみつば局に配属になった新人の早坂くんが、ずっと張りついているからだ。同じ班の一番歳が近い先輩ということで、一応、ぼくが早坂くんの世話係みたいなものになっている。

早坂くんは、今、二十二歳。ぼくとちがって、大卒だ。しかも結構いい大学を出ている。高三のときに春行が受けて、見事に落ちたところだ。キャリアのスタートは配達の現場だが、いずれは管理者だの幹部だのになるのかもしれない。せっかくだから、なってほしい。

早坂くんが来る前の三月までは、木下(きのした)さんという人がいた。この四月の異動で、隣の市にある局へ行ってしまった。この木下さんは、たまきと同じ二十七歳。ぼくのなかでは、伝説の人だ。

木下大輔(だいすけ)さん。今どき珍しいぐらいの、寡黙(かもく)な人だった。四葉の配達先でお茶などをごちそうになることも、ほとんどなかったという。ぼくなんかはすぐにごちそうになってしまうが、木下さんはちがった。配達があるんで、ときっぱり断れる人なのだ。

何よりもまず、その配達が速かった。もう、凄まじく速かった。配達のワールドカップがあったら、まちがいなく、優勝してカップを持ち帰ってくるはずだ。

どんなに速くても、ミスが多ければその速さに価値はない。木下さんには、そのミスもなかった。特にバイクのスピードを出すわけでもない。では何なのかと言うと、ムダがないのだ。バイクの乗り降りや宛名の確認といった動きの一つ一つに、まったくムダがない。それを五時間も六時間も続けられるのだ。

配達事故だけでなく、自損や物損といった交通事故を起こしたこともない。仮に起こして自身が傷を負ったとしても、そのまま配達を続けるのではないか。死ぬにしても、配達をすべて終えてから死ぬのではないか。そう思わせる強さがあった。

そんな伝説の男が去ったあとに新人が来たのだから、まあ、班として大変ではある。でも誰もが初めは新人なのだから、それは言いっこなし。ぼくだって、新人のころは、バイクに積んだ郵便物の重さに耐えきれず、何もない直線路でコケたりしていた。連日バイクに乗ることに体が慣れていなかったせいか、丸一月咳(せ)きこんだりもしていた。

それを考えれば、早坂くんはよくやってると思う。バイクで転んだのは、ぼくが知る限りまだ三回だし、今のところ咳もしていない。

市役所通りを走ったのも束の間、ぼくはまたすぐに隣のマンションの敷地に入る。今度はみつばサンホームズだ。

クジラを模した大きなすべり台がある遊び場のわきに駐めて、バイクを降りる。

それを待っていたかのように、ケータイがポケットのなかでブルブルと震えた。取りだして、画面を見る。

〈早坂翔太〉

ボタンを押し、左耳に当てる。

「もしもし」

「もしもし、平本さん、たびたびすいません。今度は一の十八の四の長谷川さんなんですけど。ここ、コハルさんは住んでますか？」

「小さい春の小春さんね？」

「はい」

「もう住んでない。その人は、還付しちゃってだいじょうぶ。最近、親御さんに確認したから」

「そうですか。よかった」

「早坂くんさ、長谷川さんて、さっきの武藤さんの隣だよね？」

「はい」

「しかも、配達順で言うと、あとじゃなく、一つ前だけど」

「はい。そうなんですけど。ちょっと気になっちゃって。やっぱり平本さんに訊いとこうと。すいません、何度も」

「いや、それでいいよ。とにかくさ、迷ったら入れちゃう、じゃなく、迷ったら訊く、もしくは持ち戻る、の方向でいこう」

「了解です」

「じゃあ、また」

「はい。ほんと、たびたびすいません」

「いえいえ」

電話を切り、ケータイをポケットに戻す。

この感じはなつかしい。立場は変わったが、なつかしい。ぼくもこのみつば局に来たころは、よく木下さんに電話をかけていた。新人でもないのにだ。

住んでる。住んでない。入れちゃって。持ち戻って。木下さんの返事はどれも短かった。初めは煙たがられてるのかと思った。でもそうでないことはすぐにわかった。要するに、そういう人なのだ。返事でさえ、ムダは省く人なのだ。

木下さんには、本当によくたすけられた。

だからぼくも、たすけられるのであれば、早坂くんをたすけたい。木下さんみたいに、速さを見せつけることはできないが。

＊　＊

ベイサイドコートへの配達は、いつも午前十一時前後になる。A棟が十一時前で、B棟が十一時すぎ。配達物数や天候によって、十五分のズレは出るが、まあ、その程度だ。

ベイサイドコートは、二棟どちらも十五階建てで、各フロアに八室。エレベーターは各棟に四基。つまり、集合ポストは一棟につき四つあり、その一つに同じエレベーターをつかう三十世帯分が収められているわけだ。ポスト自体は居住スペースとエントランスホールを隔てるドアの外にあるから、配達のたびにロックの解除を請う必要はない。

大小の郵便物の束を持ち、B棟の二つめのエントランスホールに駆け足で入る。隅に女の子がいたので、「こんにちは〜」と声をかけ、五段六列の集合ポストの前に立って、三十軒分の配達を開始する。

まずは一番左の列から。一〇三号室、二〇三号室、三〇三号室、と上っていく。

女の子は動かない。隅に立ったままだ。ドアのロックが解除されるガツッという音はしない。女の子がインタホンのボタンを押してどこぞの部屋と交信する気配もない。

五〇三号室まできたところで、チラッと女の子を見る。ばっちり目が合ってしまい、あわててそらす。そしてもう一度、それとなく見る。

「覚えてない」と女の子が言う。

覚えてない？　という質問ではない。覚えてない、という断言だ。

「いえ」と手を止めてぼくは言う。「覚えてますよ」

「じゃあ、わたし誰？」

「えーと、柴崎さんです。柴崎みぞれさん」

「うそ。すごい。ほんとに覚えてる」

「だって、まだ三日ぐらいですよね。こないだお会いしてから」

書留は、日に二十件、多ければ三十件ある。よくある家の人は覚えている。たまにの人は、覚えてない。柴崎家は、たまにだ。でもみぞれさんのことは覚えている。みぞれさんだから覚えている。平日の午前中なのに家にいる、二年前にノロウイルスにやられた以外は健康な中学生だから。あぁ、そういえばこのお宅だったか、と、あとで柴崎敦子さんの顔も思いだした。みぞれさんの母親の人、だ。

「あ、ひょっとして、郵便物を、お待ちでした？」

「お待ちじゃない。ただ見てるだけ。見に来ただけ」

「はぁ」

「郵便屋さんがどんなふうにお仕事をするのかなって思ったから」

「こうやって、ただ一軒一軒入れていくだけですけどね」

「ずーっとそうなの？」

「ずーっとそうですよ」

「大変」

「うーん。どうなんでしょう。もう慣れちゃいました」

「飽きちゃわない？」

「飽きはしないですね。毎回、宛名にまちがいがないか確認しなきゃいけないので。飽きてるヒマがないです」

「へぇ」

「そういうのをひっくるめて全体として飽きちゃうことは、あるかもしれませんけど」

「何それ」と柴崎みぞれさんが笑う。「飽きるってことじゃん」

「まあ、そうとっていただいても」と言い、こう続ける。「あ、柴崎誠一様宛に一通きてますけど、どうします？」

「入れちゃって。二人とも、帰ってきたら、そこ開けて見るから」

二人とも。誠一さんも敦子さんも、ということだろう。

そう言ってくれてよかった。ぼくとしても、できれば郵便受けに入れたいのだ。この柴崎みぞれさんが、一一〇三号室に住む柴崎みぞれさんだとの確証があるわけではないから。

「わたし、邪魔?」

「いえ。そんなことないですよ」

言いながら、配達を続ける。

「それにしてもさ、下の名前まで、よく覚えてたね」

「みぞれさん。珍しいお名前ですからね」

「珍しいっていうか、変だよね。ぞ、なんて濁(にご)った音、普通入れないでしょ」

「でもいいお名前だと思いますよ。漢字は、どう書くんですか?」

「漢字では書かない。ひらがな」

「なるほど」

「みぞれっていう漢字、あるんだけどね、人の名前にはつかえないんだって」

「どういう字でしたっけ」

「雨かんむりに英語の英」

「あ、そうなんですね。見たことはありますけど、書いたことは一度もないような気がします」

「だから人名にはダメなんでしょ。メジャーじゃないから。同じ雨かんむりでも、雫（しずく）と霞（かすみ）はいいんだけど、霙はダメなの」

「いいですよね。ひらがなのみぞれさん」

「いいかなぁ。シバザキミゾレ。ば、ざ、ぞ。名字も含めると、三つも濁った音が入ってるんだよ」

「そういえばそうですね。でも、だからよくないとは思えないですよ」

「郵便屋さんはさ、初めからザキって言ってたよね。こないだ会ったときから。シバザキって」

「合って、ますよね？」

「合ってる。でもシバサキって言われることのほうが多いの。わたしがネットで見た感じでは、実際にも、シバサキさんのほうが多い」

「例えばヤマザキさんとヤマサキさんでは、半々か、ヤマザキさんのほうが多いぐらい、のような気がしますけど」

「でも柴はそうなの。たぶん、サキのほうが多い。東京都の調布市にあるのはシバサキ駅だし、立川市にあるのもシバサキ町」

「たいていの人は、半々ぐらいと思っちゃってるかもしれないですね」

「そう。だからみんな、サキともザキとも聞こえるように、ぼかして言う」

「あぁ。それは、やっちゃうかもしれません。聞いたはずなのに自信がないときなんかは、特に」

「まあ、相手がまちがえてるとわかっても、いちいち訂正しないけどね。友だちでも、いまだにシバサキだと思ってる子もいるし」

「それは、訂正したほうが」

「してもまちがえるから。そのときは直るけど、じきシバサキに戻る。何度も訂正するわたしのほうがいやな子みたいになる」

そんなものかもしれない。言うほうは、ザキでもサキでも同じだろ、と思ってしまうのだ。同じなわけないのに。

「郵便屋さんはさ、はっきりザキって発音してるよね？」

「して、ますか？」

「うん。してるように聞こえる」

ぼく自身、はっきりザキだと認識している。前に書留の配達で来たときに確認したのだ。だから柴崎敦子さんの顔も思いだせたのだと思う。

　書留があるときは、せっかくの対面の機会なので、確認できることはすべて確認する。シバザキさんでよろしいですか？　とか。さっきの長谷川さんではないが、小春さん宛の郵便物はお入れしてもよろしいですか？　とか。そうやって顔を合わせて話をすれば、忘れない。ヤマザキさんとヤマサキさんを、クワバラさんとクワハラさんを、まちがえない。

「郵便屋さんは、何さん？」

「平本です。平本秋宏（あきひろ）」

　名札を左手で示し、漢字まで伝えた。

「平本秋宏さん。じゃあ、まちがわれないね。まちがえようがない」

「読みまちがわれない名前にしたって、母親が言ってましたよ。それでも一度だけ、配達先の九十歳のおじいさんに、シュウコウさん？　と訊かれたことがありますけど」

「無理やりじゃん！」

「いえ、本当にそう思ったみたいです。お知り合いに、そんな名前のかたがいらしたのかもしれないですね。宏をコウと読ませる名前のかたが」

「でも名字は、さすがにまちがわれないでしょ？」

「ですね。これをヘイホンなんて読まれたら、さすがに悪意を感じちゃうと思います」

「感じる感じる。それは怒っていいよ」

「そうですね。怒ることにします」

「怒んなそう」

と言われ、笑った。確かに、怒らないだろう。むしろ笑ってしまう。今みたいに。

「ねぇ、郵便屋さん」

「はい」

「何で敬語?」

「はい?」

「郵便屋さんがわたしに敬語つかうの、変」

「でも、郵便を利用していただいてるお客さんなので」

「お客さんでも。中学生に敬語つかわなくていいよ。ていうか、つかわないでほしい。これから敬語禁止ね」

その言葉に驚いた。敬語禁止、のほうにでなく、これから、のほうに。これからが、あるのか?

「ねぇねぇ、聞いて。わたしね、今度カットモデルやんの」

「カットモデル」

「美容室の」

「あぁ。髪型のモデル、ですか」

「敬語！」

しかたない。言い直す。

「髪型のモデル、だ」

「そう。写真とか撮ってもらって、それがお店に並ぶの。塾の友だちのお兄さんが美容師でね、その人に頼まれちゃった」

「中学生でも、カットモデルってあるんですか。じゃなくて、あるんだ」

「中学生だって髪は切るじゃない。お客さんになるでしょ？」

「そうか。そうだよね」

「わたし、髪短くしたら似合うかなぁ。郵便屋さん、どう思う？」

「似合うと思うよ」

「答、早すぎ。もっと考えてから言ってよ」

「じゃあ、えーと、今が肩よりちょっと長いくらいでしょ？　それを十センチ切ったと仮定して。そうすると、肩にかかるかかからないかぐらいになるから、こうなって、ああなって。うん、似合うよ。だいじょうぶ」

「変なの。だいじょうぶって何よ」

うーん。女子。

年齢は問わない。女子はいつも男子に難題をふっかける。その難題には、正解がなかったりもする。

「こいつ、今日も学校に行ってないんだ」と柴崎みぞれさんが言う。

「え？」

「そう思った？」

「いや」

「思うでしょ、普通」

「でも、ほら、例えば創立記念日で休みなのかもしれないし」

「創立記念日じゃないよ、今日。それにこないだも。わたしが個人的に休んでるだけ」

だから何かおしゃべりがしたいのだろう。カットモデルになることを自慢したいというのでもなく、ただ単に、誰かとおしゃべりをしたいのだ。学校に行かないと、それをする機会がないから。

一番右の列。一三〇四号室、一四〇四号室ときて、一五〇四号室。最後のハガキ一通を入れ、ここでの配達が終わる。

あいさつをするべく、向き直る。

柴崎みぞれさんが言う。

「こないだ、母親の人って言ったでしょ？」

「言ってたね」

「だからって、別に継母とかではないよ。本物の母親。血はつながってる」

「そうなんだ」

「そう。誤解させちゃったかなと思って」

「してませんよ。だいじょうぶです」

「敬語！」

「してないよ。だいじょうぶ」

「何でわたしがこの時間でも家にいるか、聞きたい？」

「いや、それは」

まあ、ここまでだろう、と思う。ここから先のことは、知るべきではない。

配達人が受取人の事情に深入りするべきではない。両者はそこまでの関わりを、持つべきではない。

＊　＊

仕事を終えてアパートに帰ると、人気タレントの百波(もなみ)がいた。同じく人気タレントの春行と付き合っている、百波だ。

もう七度めくらいになるのだからいい加減慣れてよさそうなものなのに、慣れない。郵便配達の仕事を終えて一人暮らしのアパートに帰るとそこに百波がいる。慣れる日は、たぶん、来ない。

昼のうちに、〈今夜行くね〉とのメールはもらっていた。打診ではない。予告だ。ぼくも断らない。断ったとしても、その気になれば来られるのだ。何せ百波は、春行がつくった合カギを持ってるから。考えてみれば変な話ではある。カレシの弟の部屋の合カギを持つカノジョなんて、そうはいないだろう。

「秋宏くん、おかえり」

「ただいま。何時に来たの？」

「三十分前。コンビニでおにぎりとたこ焼きと麻婆豆腐とポテトチップスを買ってきた。あと、サワーとビール」

ぼくが普段飲むのはいわゆる第三のビールだが、春行と百波が来たときだけは、普通のビールが飲める。いや、普通のよりさらに高いプレミアムモノだ。

「おにぎりは一個二百円以上する高いのにしちゃったよ。いくらとか入っちゃってるやつ」

「ぼくには高いけど、百波ちゃんには高くないでしょ」

「高いよぉ。わたし、庶民派だって。派っていうか、庶民も庶民だよ。一人のときに買うのはいつも安いやつだもん。昆布と梅。百円ぐらいのやつ。ここに来るときは特別だよ」

「今日もコンビニで、バレなかった？」

「それがねぇ、初めてちょっとあぶなかった」

「ほんとに？」

「うん。店員さんがね、わたしのことジロジロ見てんの。帽子にマスクが、かえってあやしかったのかもしれない。百波っぽいやつが来店、とかつぶやかれたらどうしよう」

「つぶやかないでしょ。それをやったら、やったほうが叩かれるから」

「次からはナチュラルな変装にするよ。すっぴんにメガネ、みたいな。さ、食べよ食べよ。乾杯乾杯」

「いや、でも春行は？」

「来るの？」

「『来るの？』って。来ないの？」

「聞いてない。わたしが行くことも言ってないし。何かマズかった？」

「いや、マズいことはないけど。いや、でもやっぱりマズいか」

「何でよ。秋宏くん、わたしを襲ったりしないでしょ？」

「しないけど」

「じゃあ、いいじゃない」

「襲わないからいいって話でも、なくない？」

「なくない。ほら、早く手を洗ってうがいして。わたしがグラス出しとくから」

というわけで、手を洗ってうがいをし、隣の和室でいつものジャージに着替えた。

居間に戻ると、ミニテーブルに食べものと飲みものとグラスが並べられていた。カウチには百波が座っているので、ぼくは床に敷いたクッションに座る。

百波が缶をクシッと開け、ビールをぼくのグラスに注ぐ。ぼくも缶を開け、シークワーサーサワーを百波のグラスに注ぐ。

「おつかれ。はい、カンパ〜イ」

そう言って、百波が自分のグラスをぼくのグラスにカチンと当てる。そしてサワーを一気に半分ほど飲む。

「あぁ、おいしい。何だろうね。仕事のあとにこの部屋で飲む、このサワーのこのうまさ」

こうなるともう、ここは春行と百波の密会場所ではない。単なる休憩所だ。まあ、百波がいいならいいけど。

いつもならテレビをつけるのだが、百波はつけない。ぼくがつけようとしたら、いいよ、と止めさえした。木曜日だから、春行が出るバラエティ番組があるはずなのだが。

「梅のり塩っていうそそるポテトチップスがあったから、うす塩と合わせて、つい二つ買っちゃったよ。日本人の味への飽くなき探求心は、どうにかならないもんかしら。こんなもの出されたら買っちゃうっつうの。太っちゃうっつうの」

うたうようにそんなことを言う百波は、いつもどおりかわいい。間近でその顔を見られ、間近でその声を聞ける。この上ない贅沢だ。とても人には言えない。恨まれてしまう。

ぼくらはその梅のり塩味のポテトチップスやたこ焼きや麻婆豆腐を食べ、ビールやサワーを飲んだ。ぼくだけでなく、百波もよく食べ、よく飲んだ。この部屋に来たときだけはリミッターを解除するの、と百波は言う。欲望を抑えない、ということだ。ぼくも、歳下とはいえ兄のカノジョに、抑えなさいよ、とは言わない。

一本めのシークヮーサーサワーが空いたようなので、百波に尋ねる。

「次は?」

「うーん。ピーチ」

立ち上がって冷蔵庫のところへ行き、ピーチサワーと新たなグラスを持って、戻る。クシッと開けて、注ぐ。

「ありがと」百波が一口飲む。続ける。「こないだね、お姉ちゃんが結婚したの」

「え、そうなの?」

「そう。林ユキエからウエノユキエになった」

「お姉ちゃん、ユキエさんだったんだ?」

「うん。雪だるまの雪に、福江と同じ江で、雪江。ウエノは上野動物園の上野」

百波の本名が林福江であることは知っていた。おばあちゃんがつけたのだそうだ。お姉ちゃんも同じなのだろう。

「お姉ちゃんとはずっと仲悪かったのに、ウェディングドレス姿を見たら、何か、ウルッときちゃったよ。あぁ、お姉ちゃん、林じゃなくなるんだなぁ、林から出ていっちゃうんだなぁって」

「家族の仲自体、あまりよくなかったんだよね？」

「うん。親子はそうでもなかったけど、親同士子同士がね。でもお姉ちゃんの結婚で、ちょっともち直した感じ。ほら、あちらの家とのやりとりだの何だの、いろいろあるから。仲悪いとか言ってらんないの。上野家と林家の食事会の席で、内輪ゲンカもしてられないじゃない。式とか披露宴のことで、連絡も密にしなきゃいけないし」

「そうか。子どもが結婚となったら、ウチみたいに親が離婚するわけにもいかないか」

「しばらくはね」

「しばらくは。うん」

「披露宴で、お父さんとお母さん、泣く、泣く。お姉ちゃんもさ、調子に乗って、両親への手紙とか読んじゃって」

「別に調子に乗ったわけじゃないでしょ。初めから予定に組みこまれてたんだろうし」

「そうだけど。読んでる自分が号泣しちゃってんの。それを見て、周りもみんな、もらい泣き。しかたないから、わたしまでもが、やや泣き」

「しかたないからって。演技したってこと？」

「少しは。だってさ、家族三人は泣いてるのに百波は泣いてなかった、なんてあとで言われたら印象が悪いじゃない。といっても、結局は本気で泣いたけどね」

「本気でやや泣き、だ」

「そう。そんなもんだよ。家族四人が四人とも激しく泣いてたら、それもおかしいって」

まあ、そうかもしれない。誰か一人ぐらいは、冷静な人がいてもいい。

「全然そんなこと言ってなかったけど。いつ決まったの？　結婚」

「二ヵ月前。急に。何せ、ほら、できちゃったから」

「あぁ。そういうことか」

「初めは、正直、何やってんのかなぁ、お姉ちゃん、て思ったけど、今は、早く甥っ子の顔が見たい」

「甥っ子なんだ？」

「そう。ついこないだわかった」

「どうせお姉ちゃんも美人なんだろうから、甥っ子も、カッコよくなりそうだね」

「どうせ美人。何それ」

「ほめてるんだよ。百波ちゃんのお姉ちゃんなわけだから、まちがいなく美人でしょ」

「ちょっと、いやだ。いきなり何言ってんの？　すごくうれしいんですけど」

「言われ慣れてるでしょ、そんなこと」

「秋宏くんに言われるとうれしい。言葉がすっと耳に入ってくるよ。春行みたいにうそくさくない」

「うそくさい？　春行のほうこそ、何ていうか、ストレートで、いいと思うけど」

「ストレートすぎてうそくさい。秋宏くんとちがって、そういうことを言いすぎる。だから、誰にでも言ってるんじゃないかって思っちゃう。最近、特に思っちゃう」

「最近」

「そう。最近」

そして百波は黙った。

テレビがつけられていない静かな部屋に、ぼくらがポテトチップスを食べるサクサクいう音だけが響く。サクサク。サクサクサクサク。

梅のり塩味のポテトチップスは、期待を裏切らない。うまい。百波が言うように、日本人の味への飽くなき探求心は行きすぎだ。おいしいものを次から次へと出してくる。百円強で買えるものでそれをやられてはたまらない。そりゃあ、手も伸びる。

沈黙の時間が予想を超えて長いので、自分から百波に言ってみる。

「春行と、何かあった？」

百波はピーチサワーをゴクリと飲んで言う。待ってました感はそう出さずに。

「春行が今連ドラの撮影をしてるの、知ってるでしょ？」

「うん。聞いた。主演なんだってね、今度は」

「そう。放送は夜十一時台だけど、主演。共演は中道結月（なかみちゆづき）」

「らしいね。すごいよ。中道結月なら、もっと早い時間でもよさそうだよね。夜八時とか九時とか」

「でも、ほら、内容が内容だから」

「マンガが原作だっけ」

「そう。『オトメ座のオトコ』。ゲイバーの話」

「あぁ。だから、その時間」

「中道さんもよく受けたよね、そのオファー」

「まあ、確かに」

「それだけさ、春行の価値が上がってるんだよ。共演すればおいしいと思われてるわけ」

「なるほど。そうなんだね」

「それはうれしいことだからいいの。春行の価値が上がるのは。ただね」

「ただ？」

「春行、共演者に弱いのよ」

「あぁ」

納得した。大いに。

「現に、百波ちゃんとこうなってるもんね」

そう。こうなってる。

モデル上がりで、バラエティ番組にもちょこちょこ出るようになっていた春行は、テレビの連続ドラマ『スキあらばキス』の準主役に抜擢(ばってき)されて、一気にドーンといった。そこでカレシカノジョとして共演したのが、この百波なのだ。

二人は主役の男女を食った。素人目(しろうとめ)にもはっきりそうとわかるくらい見事に食った。とりあえずチュウしとく？ と春行が言い、とりあえずならさせない、と百波が言った。でも、した。毎回した。だって、ドラマだから。

そして二人は、何と、実生活でも付き合った。

春行が初めてこの部屋に百波を連れてきたときの驚きは忘れられない。自分のことでもないのに、あれは、ぼくのそれまでの人生のなかで最大の驚きになった。この先、あれを超える驚きはもうないかもしれない。あるとすれば、また春行絡みだろう。春行がハリウッド女優をこの部屋に連れてくるとか。スパイダーマンの役を引き継ぐとか。

「そうなのよ」と百波は言う。「春行、わたしとのときも、案外簡単に付き合った感じなのよ。だから心配なの」

「てことはさ、百波ちゃんのほうから、春行に声をかけたわけ？」

「うーん。まあ、それに近いかな。最初に声をかけてきたのは春行なんだけどね、そこで断ったら、二度めがなかったの。何、一度であきらめちゃってんのよ、と思って」

「で、声をかけた？」

「そう。『え、いいの？』なんて言ってんの、春行。ほんと、バカ」

実はそれが春行の作戦かもしれないと思ったが、そうは言わない。

「中道さんてさ、春行と同い歳なのにすごく大人っぽいでしょ？　そういうのにも弱いのよ、春行」

「でも、歳下の百波ちゃんと付き合ってるよね？」

「だから二人めは逆に行くの。それが男ってもんじゃない」

「それが男ってもん、なの？」

「ちがう？」

「どうだろう。そもそも二人めという発想が」

「秋宏くんにはないかもしれないけど、春行にはあるのよ。そう思わない？」

「うーん」

まさに、うーん、だ。一応は、兄。弟がおかしなことは言えない。

今度は百波が立ち上がって冷蔵庫のところへ行き、二本めの缶ビールを持って、戻ってきた。はい、飲んで飲んで、とぼくにグラスの残りを飲ませ、クシッとやって、ビールを注いでくれる。

「ねぇ、秋宏くん」

「ん？」

「春行のケータイとか、見てもいいと思う？」

「え？」

「メールとか、見ちゃっていいかなぁ」

「それは、よくない、んじゃないかな」

「でも前に春行、ここで言ってたよね？　おれはケータイとか見られても全然困らないって」

「言ってたけど。だから見ていいと言ったつもりでは、ないだろうし」

百波が春行のケータイを見るなら、このアパートでやるしかない。芸能マスコミから常に動向を探られている二人は、ここでしか会わないから。

で、百波はぼくに味方をしてほしいのだろう。見てもいいんじゃない？　と軽く言ってほしいのだ。でもさすがにそれは言えない。春行の弟として。男として。

「まあ、ケータイは見ないよ」

百波は梅のり塩味のポテトチップスを食べる。サクサク、サクサク。

「でも秋宏くん、前にも言ったけど、春行が例えば中道さんをこの部屋に連れてきたりしたら、そのときは本当に教えてよ。隠したりしないでよ」

ぼくにそう話したことが春行に伝わらないと、百波は思っているのだろうか。あるいは、むしろ伝えてほしいのだろうか。まずそこがわからない。

ミニテーブルの隅に置かれた百波のケータイが高らかに着信メロディを響かせ、ングググと震えた。

「あ、春行」

え？

百波が電話に出る。

「もしもし」「おつかれ」「うん」「今、秋宏くんのとこ」「そう。明日は夕方からだから、行っちゃおうと思って」「飲んでるよ」「秋宏くんも」「こないだ言ってた梅のり塩、お

「いしいよ」「うん。梅が絶妙」「だいじょうぶ。そっちは?」「いつまでかかんの?」「そんなに？」「バラエティもあるんでしょ？　収録」「何それ」「スケベ」「するわけないじゃん」「わかってるよ」「秋宏くんに代わる？」「いいのかよ」「春行じゃないんだからしないよ、そんなこと」「わかった」「じゃあね」

百波が電話を切り、ケータイをミニテーブルに戻す。

「春行から秋宏くんに伝言ね。いつもどおり。わたしのシャワーは覗くなって。能天気。激しくバカ。人の気も知らないで」

でも、よかった。ここにいることは春行に言っておいたほうがいいよ、と、ぼくはまさに百波に言うところだったのだ。百波があっさり居場所を春行に明かしたことも、よかった。春行がそれをあっさり受け入れたことも、よかった。

まあ、ぼく如きに人気タレント百波の浮気相手が務まるはずがないと、二人がともにそう認識しているということだろう。

その認識は、正しい。

＊　　＊

たぶん、上から見ているのだと思う。ぼくがバイクでやってくるのを上から確認し、タイミングを計って、下りてくるのだ。

普通なら絶対に聞こえない。だが窓を開けたり、ベランダや通路に出たりしていれば、十一階でもバイクの音は聞こえるかもしれない。

とはいえ、やってきたのがぼくだとわかるかどうかは微妙だ。厚手の防寒着を着ているから、外見での区別はつきにくい。そのうえ、ヘルメットをかぶっている。エントランスホールに入る際はとるが、角度的に顔までは見えないだろう。

二度に一度のペースで、柴崎みぞれさんは下りてきた。五十パーセントの確率。高い。それを偶然とは言えない。柴崎みぞれさん自身、偶然を装ったりはしない。

学校には行かない。でも誰かとおしゃべりはしたい。その相手が郵便配達員。近からず遠からず。いや、遠いことは遠いが。まあ、適当なのかもしれない。

郵便配達員なら、待ち人来たらず、はない。必ず来る。雨でも来る。雪でも来る。特にマンションの集合ポストなら、その前を通過することもない。三十軒に一通も郵便物がないなんてことはないから。

言ってみれば、ぼくは必ず来る待ち人だ。そしてそう言ってしまうと、価値があるのかないのかわからない。

ぼくは配達人として仕事をするだけだ。その際に、受取人とおしゃべりをするだけだ。近づきすぎてはいけない。女子中学生に手を出さないようにだとか、そんな意味ではない。配達人が受取人の個人的な事情を知ったところで何かをしてやることはできないし、するべきでもないのだ。と言いつつ、たまきとは付き合ってしまったが、それはあくまでも例外。

今日も、柴崎みぞれさんは一階に下りてきた。しかも、ぼくがエントランスホールに入ると同時に、オートロックのドアを開けて、出てきた。さすがに六、七度め。タイミングを計るのがうまくなっている。

「おはよう」と言ってくるので、

「おざぁす」と早口で返す。

「敬語！」

「え、これも？　おはようございますはいいでしょ」

「ございますがついてるじゃん。言い方は雑だけど」

「じゃあ、おはよう」

いつものように、集合ポストの前に立ち、一〇三号室から配達を始める。

柴崎みぞれさんは、少し離れたところに立って、それを眺めている。

初めは、ほかの住人がこの場面を見たらどう思うだろう、と思った。今は、郵便配達員の仕事を女子中学生が眺めているとしか思わないだろう、と思っている。ぼくが何もせずに話しこんでいれば不自然だが、配達をしているのだからそうでもないだろう。配達を終えたあとまで話したりはしないし。

「ねぇ、わたし、邪魔?」

初めてここに下りてきた日にした質問を、柴崎みぞれさんはまた今日もしてくる。

「そんなことないよ」

「もし邪魔なら言ってね。消えるから」

その消えるに引っかかり、ぼくは手を止めて、柴崎みぞれさんを見た。

消えてほしくない。消えるなんて言葉を、女子中学生が自分につかってほしくない。

「じゃあ、言うよ。ちっとも邪魔じゃない。柴崎さんに会うと、あぁ、ベイサイドコートに来たんだなぁって思える」

「それ、いい意味?」

「いい意味。この時間がね、午前中のちょっとした楽しみになってるよ。そういうのがあると、ほんと、たすかるんだ。こないだの話じゃないけどね、だから飽きないんだよ、この仕事」

目を集合ポストに戻し、再び手を動かす。

ぼくの左側にいた柴崎みぞれさんが、右側にまわる。配達が、後半の三列に移ったからだ。

「ねぇ、まだ聞きたくない？　何でわたしがこの時間でも家にいるか」

「訊けば教えてくれるの？」

「うーん。どうしても聞きたければ」

「うーん。どうしても聞きたくは、ないかな」

「何でよぉ」

見てはいないが、その口調で、柴崎みぞれさんが唇をとがらせたことがわかる。

「だって、気持ち悪いでしょ。ぼくがどうしても聞きたかったら」

「まあ、それはそうかも」

今度は笑み混じり。唇のとがりがなくなったことがわかる。

柴崎みぞれさんは話しはじめる。

「母親。継母ではないって、こないだ言ったでしょ？」

「うん」

「継母ではないけど、モンスターなの」

「え?」

「モンスターペアレンツとかって言うじゃない。そのモンスター」

「あぁ」

「授業参観のときにベラベラおしゃべりをしちゃうとか、パシパシ写真を撮っちゃうとか、そっちのモンスターじゃないの」

「というと?」

「質問とかしちゃう。授業をやってる先生に、『それはおかしいんじゃないですか?』とか言っちゃう。せめてあとで言えばいいのに、その場で手を挙げて言っちゃうの。手を挙げられたら、先生も無視できないよね」

「そうかもね」

「そういうのは変だって、自分で気づかないの。気づいてるのかもしれないけど、言うのが親の権利だとか、そういうふうになっちゃう。周りの子たちから一番きらわれるタイプ」

「お母さん、働いてるんだよね?」

「うん。結構大きい会社で、課長さんとかやってる。女では二人しかいないんだって。だから自信がありすぎるんだと思う。やめてってって言っても聞かないの。何でも、正しいのは自分だ、になっちゃう」

「うーん」

わからないではない。ぼくの母親も、今なお会社で働いている。課長さんになってい
る。先生にはよく質問をしていたような記憶がある。授業中に手を挙げたりはしなかっ
たが。

「いやだよ、自分の親がモンスターなんて言われるの。だったら、自分が言われるほう
がまだいい。というか、言われてるけど」

「言われてるの？」

「言われてる。エムって」

「エム」

「アルファベットのM。モンスターのM」

それは、よくないな。よくないどころではない。いやだな。

「そう呼ばれてるうちに、今度はマゾとか言われるようになった。Mだから。で、学校
に行かなくなった」

だいぶ話を端折(はしよ)っているのだろう。でも大まかな流れは伝わった。わかる。

「こないだ二年生になって、クラスが替わったのね。それで、担任も替わったの。若い

男の先生になった。郵便屋さんよりちょっと上くらい。その先生が、教室でわたしに言ったの。『何でMなんだ？　シバサキだからSだろ』って。もちろん、悪気はなかったんだけど、事情を知ってる子たちはみんな笑った。『MなのにSだ！　どっちもだ！』って、男子たちは大喜び」

それもわかる。わかってしまう。中学生。バカ男子。

「わたし、先生を無視した。そしたら先生、『シバサキ！』って怒鳴った。四月の初めにも、言ってあったの。シバサキじゃなくてシバザキですよって。そのあとにもまちがわれたから、もう一度言っておいた。でもそこではやっぱり、『シバサキ！』。わたし、言っちゃったの。『MでもないしSでもないしシバサキでもない！』って」

「先生は、何て？」

「『揚げ足をとるな』って。それで、何かもういいやって思った」

揚げ足をとるな、か。先生がよく口にする言葉だ。揚げ足をとるな。屁理屈を言うな。正当な反論をも無意味にしてしまう言葉。すべてを無造作に片づけてしまう言葉。

「だから、今ここでこうしてるの。わたし」

「そうか」

「理由を訊かれたけど、言えないよ。お母さんがモンスター扱いされてるからだなんて。

だから学校に行きたくないなんて」

　思いつきで、尋ねてみる。

「そのことで、お母さんは、学校に何か言わないの？」

「言おうとした。でも必死に止めたの、わたしが。そこは大ゲンカして。それだけはやめてって。そんなことしたら、火に油だから」

　火に油。もう、まさにだ。

「お母さん、自分が原因だなんて思ってもいないと思う。言っても理解できないと思う。だから、親が出てきたらややこしくなるとだけ言ってる。ただちょっと休ませてって。お願いだからそうさせてって」

「それは、聞いてくれたんだ？」

「お父さんが言ってくれた。ちょっと休むぐらいいいだろって。たすかった。お父さんがそう言ってくれるとは、思わなかったから」

　そんなところへ、書留を持ったぼくが現れたわけか。人気タレントの春行みたいな顔をしたぼくが。

「春行」と、その名前が柴崎みぞれさんの口からいきなり出る。「今度、ドラマやるんだよ。知ってる？」

「いや」とだけ言って、ごまかす。

「何か、おネエとかが出てくる話みたい。マンガが原作なんだって。おもしろいらしいから、読んでみようと思ってる」

「春行、好きなの？」

「好きっていうか、うーん、どうだろう、まあ、好きなのかな。一番ではないけど。おもしろいじゃん、バカっぽくて」

一三〇四、一四〇四。そして一五〇四。配達が終わる。

「郵便屋さんならさ、春行の代役が務まるよ。顔、そっくりだから。バカっぽくはないけど」

そんなふうに、話もきれいに終わる。

さすがに六、七度め。そのタイミングまでもが絶妙だ。

＊　＊

コンビニへの配達ついでに温かい微糖の缶コーヒーを買い、みつば第三公園へと向かう。

ブランコにすべり台に鉄棒、それと三つのベンチがあるだけの、小さな児童公園だ。これといった売りがないせいか、人がいないことが多い。その人がいないことが、ぼくにとっては大きなメリットになる。

午後三時。ぼくは公園の狭い入口の前でバイクを降り、ベンチのところまで引いていく。園内では必ずエンジンを止める。人がいなくても止める。郵便屋が公園をバイクで走っていた、などと通報されては困るからだ。

ベンチのわきにバイクを駐め、ヘルメットをとって、防寒着と上着を脱ぐ。ケータイをズボンのポケットから取りだして、ベンチに置く。

すぐ横にある鉄棒のところへいき、まずは逆上がりをする。一回転して鉄棒に身を乗せる状態になったら、今度は前まわりして、着地。それを三セットやる。

みつば二区を担当するときは、いつもこのみつば第三公園で休憩する。みつば一区のときは、みつば第二公園だ。二つの公園は、春行とぼくのように似ている。比較的新しい住宅地にあるそれらしく、規模も設備もほぼ同じ。

ただ、こちらには鉄棒がある。中学生用と小学生用なのか、大人用と子ども用なのか。ともかく異なる高さの鉄棒が二つ並んでいる。

みつば二区を配達するようになった初めの何日かは、ほとんど目に入らなかった。だが一週間ほどして、横のベンチでやはり缶コーヒーを飲んでいたときに、ふと思った。

鉄棒か。何年やってないかな。

計算してみた。高一の体育の授業で少しだけやったのが最後であるような気がした。そのときが十六歳として。もう九年やってないことになる。この歳で逆上がりができなくなってるとか、まさかそんなことはないよな、と思った。

試してみた。制服のシャツの胸ポケットからメモ帳とボールペンが落ち、ズボンのポケットからはケータイが落ちた。どうにかできたが、回転がスムーズではなかった。クルンではない。ク、ルン。引っかかりがあった。できるけどマズいな、と思った。

それから、ここで休憩するたびに、何となくやるようになった。郵便屋が逆上がりをしていた、などと通報されては困るが、そうなったらしかたないだろう、と考えることにした。休憩中の逆上がりで処分を受けたりすることにはならないだろう、と。

その代わり、毎回三セットにとどめた。配達より鉄棒優先、とはとられないようにだ。たとえ動画を撮られてアップされても、三セットならどうにかなりそうな気がする。サボり感は出ないような気がする。

今日も三セットを終え、ベンチに座って、温かい缶コーヒーを飲んだ。

ケータイの画面を見る。着信があったことがわかった。逆上がりをしているあいだにかかってきたらしい。

〈伊沢幹子〉

母からだ。

基本的に、家族以外は皆フルネームで登録している。家族以外。つまり、平本姓以外の人たちはすべて。そのルールに則って、母もそうなった。だから春行も今は伊沢春行だ。父だけが、芳郎。

母や春行から電話がかかり、伊沢の名字が画面に表示されるたびに、わざわざ登録し直す必要はなかったかな、と少し後悔する。とはいえ、まだ、名前のみの幹子や春行に戻す再々登録には至ってない。

仕事中かと思ったが、かけてきたのだからいいだろうとも思い、母に折り返しの電話をかけた。

「もしもし」とすぐに出る。

「もしもし。ぼく。秋宏。今、だいじょうぶ?」

「ええ。休憩中」

「こっちもだよ。電話くれたよね。何?」

「明日のご飯、中止。食事会、なしになった」

「あぁ。そうなの?」

「ハルのドラマの撮影が押してるんだって。だからキャンセル。さっき電話があった。アキとお父さんに言っといてって。三人でやれば、とも言ってたけど、それじゃ意味ないもんね」

「まあ、そうだね」

「だから延期。ハルが落ちついたらあらためてってことで」

「うん。お父さんには?」

「わたしが言っとく」

「わかった。ドラマの撮影をしてるとは聞いてたけど、やっぱり忙しいんだね」

「みたいね。そうそう、さっきハルがかけてきた電話で、中道結月と話しちゃったわよ」

「え?」

「共演するんだって。撮影の合間にかけてきたから、近くに彼女がいたらしいの」

「電話に出たんだ?」

「そう。急に代わったんで、あせったわよ。いきなり『中道です』なんて言うから、『は?』って言っちゃった」

何というか、春行らしい。昔からそうだった。春行はいつもそんなふうにして、人を楽しませるのだ。身内も、身内以外も。

「ねぇ、アキ、何か知ってる？　ハルは、その中道さんと付き合ったりしてるわけではないんでしょ？」

「ではないと思うけど」

その訊き方で、春行が百波と付き合っていることを母には言っていないのだとわかった。

「中道結月が義理の娘になったらどうしよう」

「どうもしないでしょ」

「するでしょ。だって、芸能人よ」

「春行もそうだよ」

「そうだけど。でも、ほら、ハルはあんまり芸能人ぽくないじゃない」

「身内だからそう思うだけ。周りから見れば立派な芸能人だよ」

「そうなのかねぇ」

「そうでしょ。ぼくを春行とまちがえたときの相手の顔を見ればわかるよ。みんな、何ていうか、昂(たかぶ)ってる」

「何、アキはまだハルとまちがわれるの？」

「まちがわれるね」

それも身内だから思うだけだと思う。

「そんなに似てないのにねぇ」

「とにかく、明日はなしだから。ハルのスケジュールがわかって、予定が決まったらまた電話する。アキは、日曜ならだいじょうぶよね？」

「うん。土曜でも、早めに言ってもらえれば、どうにかなると思う」

「了解。お仕事がんばってね。

「気をつけるよ」

「カゼもひかないようにね。アキは真冬よりこの時期のほうがよくひくんだから」

「それ、こないだも言ったよ」

「そりゃ何度でも言うわよ。じゃあね」

「うん。じゃあ」

電話を切り、ケータイをズボンのポケットに入れた。

缶コーヒーを一口飲む。もう熱くはないが、温かい。

お父さんにはアキから言っといて、などと言われなくてよかった。言ってもおかしくはないだろう。厳密に言えば、母はもう父の身内ではないのだから。

父と母は、先月離婚した。二十八年連れ添った後の離婚だった。原因は、よくわからない。父は働いているし、母も働いている。春行もぼくも独立した。一緒にいる必要がなくなっちゃったのよ、と母はぼくに説明した。肝心な部分が抜け落ちたような説明だった。まさにそれなのかもしれない、と思った。夫婦生活を続けていくための肝心な部分こそがなくなってしまったのではないか、と。

春行は母につき、ぼくは父につく。そんな形になった。母に言わせれば、それは書類上のこと。これまでと何も変わらない。実家から母が出ていくだけ。

そこには父が一人で住んでいる。母は都内にある職場の近くにアパートを借りた。春行は何度か行ったらしい。こぎれいでいいとこだと言っていた。もちろん、百波との密会場所につかったりはしてない。

春行が母につき、ぼくが父につくというのは、ごく自然なことだった。春行と母、父とぼく。仲がいい悪いではなく、人としての相性のようなものは、昔から何となくあったのだ。ぼく以外の三人は感じてなかったみたいだが。

これからも、年に一度は四人でご飯を食べることにしましょ。と母は言った。父も春行もぼくも賛成した。離婚する前にも一度食事会は開かれる予定だったが、それも春行の都合で流れていた。

そして今回もこう。そんなことが続いて、結局は一度も開かれないままになるのかもしれない。そのうち食事でもしようよ、と話すだけで充分、になってしまうのかもしれない。

人と人が別れるというのは、たぶん、そういうことだ。

何も変わらない。そんなわけがない。

今日は鉄棒、もう一回やっちゃおうかな、と思う。

＊　＊

エントランスホールに入る。

正面のドアから柴崎みぞれさんが出てくる。

「おはよう」

「おざぁす」

「敬語！」

「おはよう」

配達を始める。

　こないだ聞いた話には触れないことにしようと決めていた。少なくとも、自分からは触れないことにしようと。

「カットモデル」と柴崎みぞれさんが言う。「やるって言ってたでしょ？　覚えてる？」

「覚えてる。塾の友だちのお兄さんが美容師さん、だよね？」

「そう」

　そこでふと思い当たる。塾の友だち。そうか。学校の友だちではないわけだ。

「あれ、よく聞いたらね、新人さんの練習台なんだって。だからお金はとられないけど、カットの出来がよくなくても文句は言えない。時間も、お客さんがいない閉店後みたい。遅くなるから、帰りはそのお兄さんが車で送ってくれるらしいけど」

「写真は？」

「一応、撮ってくれるって。お店に並ぶかどうかはわかんないけど。ていうか、たぶん、並ばない。そりゃそうだよね。わたし、ちっともかわいくないし」

「いや、かわいいよ。みぞれちゃんはかわいい」

　すんなり言えた。言ってしまった。かわいい、だけじゃなく、みぞれちゃん、とも。

　一応はほめたのだから喜ばれるかと思った。そうでもなかった。

「絶対うそだよ」

「え？」

「春行に似てる郵便屋さんにかわいいとか言われたくないよ。百パーお世辞じゃん」

「いや、別にお世辞では」

「イケメンはこれだからいやだよ。自分のことを棚に上げて人をほめるから」

棚に上げて、のつかい方が微妙におかしいような気がしたが、それはほうっておく。

「ぼく、イケメン？」

「イケメンでしょ。春行に似てるんだから。白々しいよ。よく言われるくせに」

「春行に似てるっていうのはよく言われるけど、イケメンのほうは、あまり言われないんだよね」

「春行に似てるイコールイケメンじゃん」

「そうなの？」

「決まってるよ」

そうか、決まってるのか。ぼくにしてみれば、年子だから双子ほどそっくりではない、そのわずかなズレが気になってしかたないのだが。

「だからね、やめようかと思って」

「カットモデルを？」

「うん」

「やったほうが、いいんじゃない？」

「何で？」

「いや、何か楽しそうじゃん。みんながみんな経験できることじゃないし。しかも中学生でなんてさ。だから、何ていうか、軽い気持ちで楽しめばいいんじゃないかな」

　ヘタだなぁ、と思う。言いたいことは、いつだってうまく言えない。言えた例(ためし)がない。テレビでバラエティ番組を見ていると、いつも感心する。春行はうまいこと言うよなぁ、と。気持ちを言葉に置き換えるのがうまいのだろう。

　やったほうがいい。そんなぼくの意見に対して、柴崎みぞれさん改めみぞれちゃんは何も言わなかった。代わりに、ちがうことを言った。

「昨日、友だちが来たの。家に」

「そう」

「このところ、結構来る。ほっといてよ、なんてわたしは言っちゃったのに、来てくれる」

「そっか」

「来なよって言ってくれる」

「ん?」

「学校に」

「あぁ」

「バカな男子はほっとけばいいよって。バカな男子に乗せられるバカな女子も、ニブい先生も、ほっとけばいいんだよって」

「それは、正しいかもね。うん。きっと正しいよ」

みぞれちゃんが学校に行くのかどうかは、訊かない。興味がないからではない。第三者でしかないぼくが、みぞれちゃんに変なプレッシャーをかけたくないからだ。関わるのはいい。ただ、不用意なことは言いたくない。

「そういえば、お母さんに郵便屋さんのこと話したの。春行にそっくりな郵便屋さんがいるんだよって。お母さん、知ってた」

「ほんとに?」

「うん。前に書留の配達に来てくれたのを覚えてたみたい。お母さんも、春行に似てると思ったんだって。郵便屋さんにもイケメンがいるのねって言ってた。そこだけは、わたしと話が合った」

「イケメンなんて言うんだ？　お母さん」

「言うよ。ほら、ああいう人は、意外に容姿のこととかうるさいから。いい服とかいいくつとか、大好きだし。要するに、見栄っ張りなんだね」

でもそれで親子の話が合ったのならうれしい。春行はともかく、ぼくまでもが役に立ったわけだ。

「郵便屋さん、今度ウチに来るときは気をつけたほうがいいよ」

「どうして？」

「お母さん、変に意識して、上品ぶったりするかもしれないから。ああいう人は、カッコいい人に弱かったりもするの。それはわたしも同じだけど」

「親子なんだね、やっぱり」

「うーん。まあ、そうなのかな。わたしは絶対、自分の子どもの授業参観で手を挙げる親にはならないけどね」

一四〇四にハガキを入れ、一五〇四に封書を入れる。配達が終わる。

「ねぇ、郵便屋さん」とみぞれちゃんが言う。「ケータイで写真撮らせてもらってもいい？」

「写真？」

「うん。その友だちにも言っちゃったの。春行にそっくりな郵便屋さんがいるんだよって。その子に見せるだけ。あちこちに流したりはしないから。ダメ?」

「いいよ。ぼくなんかでいいなら。ただ、きちんと、ニセ春行です、とは言ってね」

「言う」

銀色の集合ポストをバックに、みぞれちゃんがケータイでぼくの写真を撮った。春行とちがってモデル上がりではないから、決め顔はなし。ポーズもなし。棒立ち。

「一緒に写っても、いい?」

「いいよ」

みぞれちゃんがぼくの横に並んだ。ケータイを持った左手を精一杯伸ばして、写真を撮る。

すぐに画像をチェックして、言う。

「ばっちり。ありがとう」

「いえいえ。こちらこそ、スター扱いをしてもらって、ありがとうございます」

「敬語!」

「スター扱い、ありがとう」

「じゃあ、またね」

「また」

そんなやりとりをして、別れた。みぞれちゃんはエレベーターへ戻り、ぼくは外に出る。

ヘルメットをかぶり、バイクに乗って、エンジンをかけた。アクセルをまわし、次の配達先であるみつばサンホームズへと向かう。

日に日に暖かくなるよなぁ、と思う。もう防寒着はいいかなぁ、とも。

そしてふと気づく。

みぞれちゃんは、今度ウチに来るときは気をつけたほうがいいよ、と言った。何に？　母親の柴崎敦子さんに。

それはつまり。今度一一〇三号室に書留の配達に行ったらみぞれちゃんはいないということかもしれない。学校にいるから家にはいない、ということかもしれない。

そうであってほしい。

そのあとが大事

「今日、みつば一区、誰?」と小松課長が言い、

「あ、ぼくです」と早坂くんが言う。

班のメンバーが皆配達から戻り、それぞれに、郵便物を転居先に送る転送や差出人に返す還付の手続きをしているときだ。

やっぱりか、という顔に、小松課長がなる。まあ、しかたないか、という顔にもなる。

「二丁目で苦情。板倉さんてお宅」

「あぁ。二の十一の、えーと」と早坂くんが言い、

「十五」とぼくが受ける。

「二の十一の十五。板倉さん。はい」

「誤配ですか?」とぼくが小松課長に尋ねる。

「誤配ではない。そのもの、苦情。どう見ても封を開けた郵便物が入れられてたとかって」

「ほんとですか?」と不安げに早坂くん。

「ほんと。とりに来いとさ。とりに来て、自分の目で見ろと」

「えぇっ」と、早坂くんは早くも泣きそうな声を出す。

「かなり怒ってて、きちんと話を聞けなかったよ。『こんなものを配達するなんてどういう気だ!』と言われた。『お前らが開けたのか!』って。それはないと思いますとは言ったけどね、そしたら、『お前らのほかに誰が開けられるんだよ! 誰が触れるんだよ!』って」

「そんな封書は、なかったような気がしますけど」

「気づかなかっただけかもしれない。現物を見てないから、何とも言えないけど」

「じゃあ、早坂くんと一緒に行ってきますよ」とぼくは言った。

「そうしてくれる?」

「はい」そして小松課長が待っているであろう優等生発言。「ぼくが教えることになってる以上、ぼくの責任でもありますから」

実際、小松課長はそれを聞いて、ほっとしたみたいだ。平本くんも行ってくれと、自分から指示を出したくはなかったのだろう。

「じゃあ、頼むよ。どうにもならなくなったら、そのときは僕が行くから」

「はい」

話を聞く限り、すでにどうにもならなくなっているような気もしたが、そうは言わなかった。

「二人とも、超勤（ちょうきん）はつけるから」

事情が事情だからいいですよ、と言いたかったが、そうも言わなかった。早坂くんの分までつけなくていいとは言えない。もし言えば、小松課長はまちがいなくこう返してくるのだ。ミスのカバーだとしても、タダ働きをさせるわけにはいかない。そんなことをさせたら、僕が突き上げを食っちゃうよ。

転送還付の処理を素早くすませ、粗品のタオルを持って、早坂くんと二人、再び車庫に行った。さっき水で洗ったばかりのバイクを出す。

時刻は午後五時。とはいえ、七月だから、まだまだ空は明るい。そして、暑い。梅雨の真っ只中なのに晴れている。蒸す。制服のズボンが肌にまとわりついてくる。自分の汗のせいなのか、湿気のせいなのか。たぶん、両方だ。

「平本さん、すいません。ぼくのせいで」

「早坂くんだけのせいじゃないよ。ぼくのせいでもあるんだって。もうちょっと言えば、課長のせいでもあるし」と少しだけ毒を吐く。

追いつめられたときにこそ、ガス抜きは必要なのだ。

だが早坂くんは笑わない。顔に愛想笑いを浮かべる余裕もない。

「こういうのはさ、誰だって経験することだよ。むしろここまでの三ヵ月何もなかったことがすごい。ぼくなんか、一週間でそこへ行き着いたからね。見事に誤配して」

たとえ新人でも、四月一日に配属先に行くと、もう、その日から配達に出される。それはアルバイトさんも社員も同じだ。現場の人間が、現場に出ないわけにはいかない。配達のコースを覚えなければいけないので、初めの二日ないし三日は通区(つうく)にあてられる。自身は郵便物を持たずに先輩の配達についてまわり、注意点だの何だのを教えてもらうのだ。そのあとは、一人。地図を片手に、悪戦苦闘の日々が始まる。

地図を見ながらの配達は大変だ。効率がひどく悪い。なかには表札を出してない家もある。郵便受けの位置が一目ではわからない家もある。わからないどころか、稀(まれ)に、備えてない家もある。猛犬がいる家もある。首輪を鎖につないではいても、その鎖が長すぎる場合もある。新人なら、郵便物を積んだバイクの重さに慣れてない。ただでさえ、ふらつく。雨も降る。ゲリラ豪雨も降る。四葉などでは、ところにより、道が川になる。

道順は覚えても、家の配置まではなかなか覚えられない。結局は、ここは山田(やまだ)さんでいいんだっけ、と地図を見てしまう。ぼくも新人のときは名字を配達順に暗記しようとした。ムダだった。場所や家と組み合わせて覚えなければ意味がないのだ。

だから、初めは本当にキツい。これ、今日中に終わるのか？　と思う。実際、終わらない。先輩にたすけてもらう。初めから持ち分を少なくしてもらったり、あとで応援に駆けつけてもらったり。ただでさえ遅れているところへ雨が降ってきたりすると、もう、絶望的な気分になる。一人で時間内に終えられる日は永遠に来ないのではないかと。

でも、来るのだ。ひたすら回数を重ねるしかない。苦しまずにその日を迎えることはない。ただ、二ヵ月もすると、いつの間にか覚えていたりするのだ。番地と名字は結びつかなくても、現場に行けばわかる。名字をスラスラと暗唱はできなくても、行けば、次は山田さんだとわかる。そうやって、しみこむように覚える。

そうなれば、時間も縮められるようになる。配達物数と天候からして、今日は何時にどの辺り、何時に休憩だな、とプランを立てられるようにもなる。

そしてそうなったころに、つまり少し慣れてきたころに、大きな事故が起きるのだ。

例えば誤配をした場合、とりに来いとは言われなくても、こちらから引きとりに行く。あ、じゃあ、お隣の郵便受けに入れといてもらえますか？　なんてことはまちがっても言わない。電話をかけてきたお客さん自身が、隣なんで入れときます、と言ってくれることはあるが、こちらからお願いはしない。

今回のように、怒りに任せて激しい口調で文句を言う人もいる。だがたいていは、そうやって文句を言ったことで、落ちついてくれる。おっかなびっくりで引きとりに行っても、そのときにはもう冷静になっていることが多い。ちょっと大人げなかったなぁ、と気まずそうな顔をしていることもある。キツいこと言っちゃってごめんね、と謝ったりしてくれることさえある。人間なんて、まあ、そんなものだと思う。

が、板倉勝人さんはちがった。

「すぐ行きますって言っといて、何分待たせんの！　そば屋の出前じゃないんだよ！　そばつくる必要はないんだから、すぐ出られるだろ！」

いきなりそうこられた。インタホン越しに「入って」と言われ、玄関のドアを開けてもらった、その直後にだ。

板倉さんは、おそらく四十代前半。決してこわもてではなかった。ただ、怒っていた。本気で怒っていた。

早坂くんとぼくは、玄関の三和土に並んで立った。板倉さんは、上がりかまちすれすれのところに立っている。段差がある分、板倉さんのほうが高い。見下ろされる。

「これ、見ろよ！」と封書を差しだされる。突きつけられる。「あんたらはこんなもんを配達すんのかよ！　知っててわざとやってんのかよ！」

ぼくが封書を受けとり、早坂くんと二人で見る。

電話会社からの、領収証兼請求書だ。宛名はまちがってない。板倉勝人様宛になっている。番地の表記も正しい。

ただし、全体的にクシャクシャッとなっている。中身を出されて、一度丸められた感じだ。裏がまたひどかった。そちらはボロボロと言っていい。まさに破られ、ところどころちぎれている。それを補修するために、セロハンテープが貼られていた。とりあえず留めた、という具合。開封したことを隠そうという努力はどこにも認められなかった。努力のしようがなかったのだろう。

「あぁ」とぼくが言った。

そしてぼくが飲みこんだ言葉を、早坂くんが口にしてしまう。

「ひどいですね、これは」

「そうだよ。ひどいんだよ。こんなのをそのまま配達するほうもひどいだろ。ちがうか？　どっちだよ、配達したの」

「ぼくです」と早坂くんが言う。そこでも、ぼくが抑える間もなく続けてしまう。「でもこんなのはなかったですよ。これなら、いくらぼくでも絶対に気づきます」

「じゃあ、何で郵便受けに入ってたんだよ！　お前が封を開けて中身を見たってことなのか？」

「いえ、まさか」

「何がまさかだよ。まさかかどうかなんて知らねえよ！　お前がそういうことをするやつかしないやつかなんて、こっちは知らねえんだよ！」

「でもほんとに」

右手で早坂くんの左手に触れた。板倉さんに見られてでも、そこはぼくが抑えるべきだった。

「じゃあ、何かよ、おれが自作自演でこんなことをして、文句を言うためにあんたらを呼んだのかよ！」

「すいません」とぼくは早口に言った。「郵便受けに入ってたことはまちがいないと思います。謝ります。申し訳ありませんでした」

よく聞いてもらえばわかる。早坂くんが入れたことを認めてはいない。だが結果については謝る。郵便受けに入っていたものは配達人が入れたと受取人が思うのは当然だ。だから、謝る。

「すいませんでした」と早坂くんも続く。「見落としたのかもしれません」

「かもしれませんじゃねえんだよ！　お前が封を開けたんじゃないなら、見落としたんだろ！　ほんと、バカにしてんのかよ！」

「いえ、そんなことは」と言って、深く頭を下げた。

早坂くんも下げる。

下げた頭に刺さる板倉さんの視線を強く感じた。

「電話会社がこの状態で送ってくるわけないよな」

「はい、それは」と、顔を上げて、ぼく。

「でもこれは信じてください」と、同じく顔を上げて、早坂くん。「本当にぼくが開けたわけじゃありません。見落としたかもしれませんけど、開けてはいません」

板倉さんは、ぼくを見て、早坂くんを見る。少しだけ、冷静になってくれたように見える。

「まあ、お前が開けたとは思ってないよ。そこまでしてこっちの電話番号を知ってどうすんだって話だし。開けて、こんなふうに閉じて、それで郵便受けに入れるとしたら、本物のバカだろ」

音もなく奥のドアが開き、板倉さんの奥さんらしき女性が顔を出した。同じく四十代前半ぐらいの人だ。

「ねぇ、ちょっと。そんな言い方しなくても」

板倉さんがチラッとそちらを見て言う。

「いいから」

「こうしてわざわざ来てくれたんだし」

「下がれって」と、今度はそちらを見ずに言う。

奥さんらしき人は、すまなそうな顔でぼくらに軽く一礼して、下がった。

早坂くんとぼくは、軽くない一礼を返す。

音もなくドアが閉まる。

「ただ、もしそうだとしても、管理が甘いんじゃないか？　誰かが、人に気づかれないようにそうできたってことだろ？　セキュリティも何もあったもんじゃない。どうなってんだよ、そのあたりは」

「すいません。確かにその可能性はあります」

可能性はある。そのことだけを認める。

「民営になったからって、どうせ何も変わってないんだろ？　昔からそうだよ、郵便局は。前にＡＴＭで金を下ろしたときに、キャッシュカードが出てこなくなったことがあるんだ。日曜か何かで、担当者がいないから今日取りだすのは無理だって言われたよ。カードはすぐそこの機械のなかにあるのにだ。特にわびの言葉もない。で、いついつとりに来てくださいときたもんだ。そっちが持ってくるべきだろ。来ないなら、せめてそこまでの交通費を出すべきだろ」

はいとは言わないが、うなずく。聞いています、という意味で、うなずく。

「前に保険の手続きをしたときもそうだ。この件ではお金が下りませんて、じゃあ、何のための保険だよ。そっちで入ってくれと言っといて、下りませんじゃないだろ。一事が万事、そうなんだよ。杓子定規(しゃくしじょうぎ)で、ロクに説明もしない。こういう決まりなんですよで押し通す」

それからも、板倉さんの郵便局に対する苦情は続いた。

配達物が郵便受けからはみ出ていて、雨に濡れた。貯金の金利が低すぎる。保険の配当も低すぎる。窓口の対応が悪すぎる。

早坂くんは黙ってそれを聞く。

ぼくは時おり相づちと軽い謝罪を挟む。

そして頃合いを見て、粗品のタオルを板倉さんに渡そうとした。

「いらないよ」と言われた。「そんなものがほしくて電話したわけじゃない」

「ええ。ですが」

「それでごまかされてもかなわない」

「いえ、そんなつもりでは」

そこで簡単に引くわけにはいかなかった。おわびの品さえ受けとってもらえない。それは最悪の事態だ。よくない印象だけが残る。謝りに来たのにおわびの品を持ち帰ったよ、と言われる。どうにか粘り、受けとってもらった。例のボロボロの封書と一緒に。

「至らぬ点がありましたら、遠慮なくおっしゃってください」と言い、もう一度深く頭を下げる。「これからも郵便をよろしくお願いします」

「お願いします」と早坂くんも続く。

板倉さんは何も言わない。だが前進は前進だ。もう怒鳴られはしないから。

「では失礼します」

「失礼します」

板倉家をあとにして、バイクに乗る。

暑いのに、わきの下が冷たい。大量に汗をかいたからだ。気温の高低にかかわらずかいてしまう類(たぐい)の汗を。

ぼくが前を往き、コンビニの広い駐車場に入った。

そこの隅にバイクを駐め、ようやく一息つく。

板倉さん宅のインタホンのボタンを押してからは、四十五分が過ぎていた。バイクのシートに横向きに座り、今の一件を振り返る。

　まずは子どもじみた感想から。

「さすがに、疲れたね」

「すいません、平本さん。代わりに謝らせちゃって」

「いいよ、そんな」

「でもぼく、ほんとに見落としてはいないと思うんですよ」

「ぼくもそう思うよ」

「え？」

「あれは見落とさない。ようやく仕事に慣れてきて、ちょっとゆるんでくるころではあるけど、あれは見落とさないと思うよ。手触りですぐに気づくだろうし」

「じゃあ、どういうことなんですかね」

　板倉さんに怒られながら、相づちを打ちつつ勝手に推測した事情を、ぼくは早坂くんに説明する。

「今日、右隣の有賀（ありが）さんに郵便物はあった？」

「えーと、有賀さん」

「車庫はあるけど車はない家。その車庫に、何故かバスケのゴールがある」

「あぁ。あの、板の部分だけの」

「そう。郵便物は、あった？」

予断を与えないよう、余計なことは言わない。

「なかったですね、確か。あそこ、あんまりないですよね？」

「そう。ほとんどないんだ。書留も、まず出ない」

そんな家は意外に多い。やはり郵便物は減っていると感じる。ITのおかげで。というか、せいで。

「じゃあ、左隣の山部さんは？」

「板倉さんの一つ前、ですよね？　配達順で言うと」

「うん」

「あったような気がします。あそこは、逆に、結構ありますよね？」

「あるね。通販のDMとか、子どもの塾関係とか。で、あくまでも想像だけど」

「はい」

「早坂くん、その山部さんのお宅に誤配したんじゃないかな。さっきの板倉さん宛のあれを」

「あぁ。えーと、どう、でしょう」

「まあ、考えてもわからないよね。わかるようなら誤配してないし」

「しちゃった、んですかねぇ」

「いや、それはほんとにわからない」

「で、どういうことに、なるんですか？」

「山部さん、たぶん家にいた奥さんが、郵便受けから封書を取りだして、見る。あぁ、電話のやつね、と思う。開けちゃう」

「宛名を見ないでですか？」

「早坂くんはさ、自分のアパートに配達されたものの宛名を、すべてきちんと見る？よし、自分宛だな、なんて確認してる？」

「して、ないですね。そう言われれば、見ないです」

「特に電話のあれなんてさ、会社が同じなら、封筒も同じだよね。それが自宅の郵便受けに入ってる。開けちゃってもおかしくないよ」

「確かに」

「で、開けて、なかの領収証兼請求書を見る。さすがに気づくよね？　あれ、何かいつもと料金がちがうなって。そういうのは、各家庭で全然ちがったりするから」

「はい」

「そこで初めて宛名を見て、思ったんじゃないかな。あ、お隣のだって」

「あり得ますね」

「あせるよね。わざとじゃないとはいえ、他人の郵便物を開けちゃったんだから。ぼくらなら、配達員に返そうとか思うじゃない。でも普通の人は思わないと思うんだ。その宛名の人には知られなくても、配達員には、まちがえて開けちゃったことを知られるわけだし。かなりいやだよね、いつもその辺をまわってる配達員に知られるっていうのは」

「いやでしょうね」

「で、どうするか。日ごろ近所付き合いをしてるような相手なら、ごめんなさい、お宅の郵便物をまちがえて開けちゃったのよ、と言って渡せるかもしれない。でも付き合いがまったくないとかあいさつもしないとかだと、ちょっと難しいよね。自分も誤配された被害者なのに何で謝らなきゃいけないんだ、とも思っちゃうだろうし」

「思っちゃい、ますね」

「そうなるとまず、封をし直して何もなかったように見せられないかな、と考えるよね、たぶん。でもあそこまで破いた感じになってたら、それは無理。じゃあ、どうする。知らんぷりを、する?」

「てことは、捨てちゃうってことですよね？」

「そう。ただ、かなりいや〜な感じは残るよね、自分に。できればそんなことはしたくない」

「したくないです」

「だから、あの形になったんじゃないのかな。とりあえずできる補修はして、板倉さんの郵便受けに入れるっていう」

「可能性は、ありそうですね。というか、その可能性しか、ないような気がしますね」

「それはわからない。ほかにも可能性はたくさんあるんだと思うよ。与えられた情報が少ないからぼくらが気づけないだけで」

「でも、それっぽくないですか？」

「ぽいね」

「そうなると、結局はぼくが誤配をしたことになっちゃうんですけど」

「うん。残念ながら」

「でもそれなら自分で認められます、誤配したんだなって。山部さんに、訊いてみますか？」

「『今日、郵便物が誤配されませんでしたか？』って」

「はい」

「それは、しないほうがいいね」

「どうしてですか?」

「もし今言ったとおりだとしても、悪いのはぼくらだ」

「『開けちゃった封書を板倉さんの郵便受けに入れませんでしたか?』って訊かなければ、だいじょうぶじゃないですか?」

「どうだろう。訊くべきではないと思うな。訊いたところで、何にもならないよ。山部さんにただいやな思いをさせるだけで」

「でも」

「事実を知りたいっていうのはわかるよ。だけど、仮に、わたしが入れましたと山部さんが認めたとして。早坂くんはそのことを板倉さんに言う?」

「それは、言いませんけど。言うべきではないと思うし」

「そう。言わないよね。で、言わないなら、初めから訊く意味はないんだよ。もしこれが事実だとすると、山部さんはもう今の時点で、何だよ郵便局って思っちゃってるよね。そこへ訪ねてこられたら、いやだよ。疑われてるんだなって思うでしょ。悪いのはそっちでしょうよって。そこまで郵便の心証を悪くする必要はないよ。これからも郵便を利用せざるを得ない山部さんのためにも。ちょっとズルい話、ぼくらのためにも」

「そうかぁ。確かにそうですね」そして早坂くんは言う。「一瞬、ぼくのせいじゃないと思って安心したんですけど。結局、ぼくのせいだったんですね」

「だからそれはわからないって。まったくちがうことなのかもしれないし」

「いや、ぼくのせいですよ。だって、今日の配達はぼくがしたんだし」

「今日の配達をしたのは早坂くん。その配達区内で起きたことには責任を感じる。でもそこまで。それでいいよ。以上。みつば二丁目緊急ミーティングはこれで終了。ちょっと待ってて」

そう言うと、ぼくはコンビニに駆けこみ、微糖の冷たい缶コーヒーを二つ買って、駐車場に戻った。

一つを早坂くんに渡す。

「はい、飲んで」

「すいません。いただきます」

「いいよね？　同じやつで」

「はい」

事前に訊くまでもない。知っていたのだ。早坂くんとぼくが好む缶コーヒーの銘柄は同じだと。

　缶をコキッと開けて、コーヒーを飲む。二時間の超勤の際は休憩をとってよかったような気がする。たとえよくなくても、小松課長だって、ここでの缶コーヒーに文句は言わないだろう。

「やっぱぼくはダメですね」と早坂くんが言う。「もう、自信をなくしてばっかりですよ。バイクの運転はヘタだし、配達は遅いしで。どうにか誤配をしないことだけがすくいだったんですけど、それもついになくなりました」

「いや、あのさ、誤配をしない人なんていないから」

「平本さんはしないじゃないですか」

「するよ。苦情になってないだけで、たぶん、今だって年に何度かはしてる。新人のころは、早坂くん以上にしたよ。早坂くん以上にバイクの運転はヘタだったし、早坂くん以上に配達は遅かった」

「信じられないですよ」

「今は信じなくていいよ。半年もすれば、信じられるようになってるから。自動的に」

「やっぱり、平本さんと同じ缶コーヒーを飲むくらいじゃ、近づけないんですね」

「え？　何それ」

「いや、ぼく、平本さんがやることは全部まねしようと思ってるんですよ」

「飲む缶コーヒーまで同じにしてるってこと？」

「はい」

「それは、どうなんだろう。意味が、ないよね」

「意味はありますよ。意識づけを徹底するっていう意味が」

「うーん」

「板倉さんのところにもし一人で行ってたら、ぼくは余計なことばかり言っちゃってたと思います。絶対にぼくが入れたんじゃありませんとか、だから謝ることもできませんとか。平本さんがいてくれて、ほんと、よかったです」

「そう思うだけだよ。一人で行ってたら、きっと、早坂くんもそんなことは言ってない」

「ただ。郵便で怒られるのはしかたないですけど、貯金とか保険は関係なくないですか？」

「ぼくらにはね。でもお客さんから見たら、郵便局は郵便局でしょ。貯金も保険も郵便もない。窓口も配達もない。郵便局員は郵便局員」

「そうなっちゃうんですね。で、あそこまで怒る人も、いるんですね」

「こういうことはさ、これからも起きるよ」

「ほんとですか」

「うん。気をつけてても、起きる。避けられない」

「じゃあ、どうすればいいんですか？」

「動けばいいよ。避けられはしないけど、結果を見て動くことはできるよね？　要するにさ、そのあとが大事なんだよ」

「そのあとが大事」

「って、何かエラソーに言っちゃったけど、別に大げさなことじゃないよ。誰だってさ、悪いと思ったら謝るでしょ？　それをやるだけ。ただし、すぐにね。悪いと思うべき範囲は、ちょっと広げなきゃいけないかもしれない。例えば今回みたいに」

「どういうことですか？」

「早坂くん個人は悪くない。でも郵便局としては悪い。だから郵便局員として謝る。そんな感じ。苦情を言ってきたお客さんだって、早坂くん個人に謝罪を求めてるわけじゃない。そう思えばいいんじゃないかな」

「でも今回は、ぼく個人も悪いですよね。たぶん、誤配をしちゃったわけだから」

「だとしても、わざとしたわけじゃないでしょ？　早坂くんが怠慢だったとも思えない。

で、こうやって、板倉さんのところに出向いて謝った。動いた。それでいいんだよ。あとはもう、ひたすら気をつけるしかない」

「そうなんですね」早坂くんはまるでビールを飲むみたいに缶コーヒーをグビッと飲む。

「平本さん、やっぱりすごいです。ぼくはもっと平本さんをまねますよ。もっとこのコーヒーを飲みます」

冗談なのか何なのか。冗談でないとすれば。

早坂くんは立派な、先輩社員が天才社員に見えてしまう病、だ。

＊　＊

二年前の四月、みつば局に異動してきて初めて担当したのが、みつば一区。

配達した回数が一番多いためか、この区にはやはりなじみがある。カノジョの三好たまきが住んでいるためか、ホームという意識もある。

今日は早坂くんが休みなので、ぼくがまわる。四月からはもうずっとその感じだ。早坂くんが休みの日のみ、ぼく。だから今は、週に一度しかこの区を持つことはない。

そしてそのペースだと、町に起きた小さな変化にも、かえって気づけたりする。例えば、庭の犬小屋にいたはずの老犬が次の週もその次の週もいなかったり。反対に、ずっと静かだった家から室内犬のものらしき吠え声が聞こえてきたり。悲しい変化もあれば、楽しい変化もある。町は動いているのだとわかる。

子どもの飛び出しに注意して、区画された住宅地の道路を走る。こうした狭い道は、子どもばかりか大人までもが飛び出してくることがあるから、気をつけなければならない。そこに関しては、あとで動けばいいというわけにはいかない。現場での細心の注意を怠ってはならない。

年度替わりの三月四月は転出者転入者が増えるものだが、このみつば一区のような戸建てが多い地区では、あまり大きな動きはない。つまり、一家族がまとめて動くようなことは少ない。せいぜい家族の一人が出たり入ったりする程度だ。

ただ、この区にも六つあるアパートはそういうわけにはいかない。特にワンルームなんかは、二割三割が入れ替わる。だから、その時期は配達のたびに原簿(げんぼ)をチェックする。ワンルームに住む若い人たちはただでさえ転出入の届(とどけ)を出してくれないことが多いから、何かと苦労するのだ。例えば郵便受けに配達物がどんどんたまっていったり、見たことのない名前宛の郵便物が当たり前のように送られてきたりと。

そんなワンルームの一つ、メゾンしおさいに差しかかったのは、午後三時だ。

片岡泉（かたおかいずみ）さんはまだ住んでるんだよなぁ、と考えつつバイクを駐め、降りる。

左端の一〇一号室に向かおうとしたところで一〇三号室のドアが勢いよく開き、その片岡泉さんが出てきた。

「あっ！」とぼくを見て、指をさす。「郵便屋さん、見っけ！」

「どうも。こんにちは」と立ち止まる。

「ちょっと待って待って！　コーラ飲む？　コーラ」

「あぁ。えーと」

「飲みな飲みな」

「すいません。じゃあ」

片岡泉さんが室内に戻るそのあいだに、メゾンしおさいの配達をすませた。全六室。うち配達があったのは三室だ。一〇三号室にはない。

階段を駆け上り、駆け下りる、一階に戻ったところで、片岡泉さんが出てきた。コーラの缶を二本手にして。

「あぁ、よかった。びっくりした。走る音がしたから、逃げたかと思った」

「逃げませんよ」と苦笑する。

「はい、座って座って」と片岡泉さんが指すのは、アパートの建物と駐車スペースのあいだにある段だ。

　何だかなつかしいなぁ、と思いつつ、そこに座る。

　片岡泉さんも座る。並んで。

「ほんと、久しぶりだねぇ。最近、全然見なかった。いなくなっちゃったのかと思った」

「よその区をまわってるんですよ。新人くんが入ってきたんで。その彼がここで、ぼくはよそ」

「あ、わかる。わたしと同い歳くらいの子でしょ？」

「はい。えーと、今年二十三です」

「じゃ、一コ下だ。何度も見たことあるよ。顔まで覚えちゃった。郵便屋さんを探してたのに、またこの子か、また今日もかってことが多かったから。あの子は、芸能人に似てないね」

「そう、なんですかね。で、ぼくを探してたっていうのは、えーと、何か用事ですか？」

「ううん、別に。ただ久しぶりにこうやってちょっと話したいなぁ、と思っただけ。迷惑？」

「いえ」

「コーラ飲も」

二人で缶をクシッと開ける。片岡泉さんが急いで持ってくる際に揺すられたためか、シュワシュワと少し泡が出る。片岡泉さんと会うのも久しぶりだが、コーラを飲むのはもっと久しぶりだ。そのシュワシュワもまたなつかしい。

一口飲む。キンキンに冷えている。口のなかで炭酸がピリピリとはじける。

「カロリーゼロのコーラのほうがよかった?」

「あ、いえ」

「わたし、あれよりはこっちのほうが好きなのよね。ほら、ああいうのって、パンチがないじゃない」

「パンチが」

「そう。去勢されてるっていうか」

左手でコーラの缶を持ち、右手の指で長い茶髪をクルクルやりながら、片岡泉さんは笑顔でそんなことを言う。去勢、だ。

「でもさぁ、今になって気づいた。ペットボトルのほうがよかったよね?」

「はい?」

「いや、ほら、缶だとさ、今ここで飲みきらなきゃいけないじゃない。しかもコーラ。そんなに早く飲めないよね。ベフッてなっちゃうよ。あのアイスのときも、そう思ったはずなのに」

あのアイスのとき。去年の夏だ。

片岡泉さんとぼくは、もとからこんなふうに気軽に話していたわけではない。初めは単なる受取人と配達人だった。出会いはむしろ最悪の形だったと言っていい。そう。板倉さんと同じパターンだ。

まず、局に苦情の電話がかかってきた。考えてみれば、その電話を受けたのも小松課長だ。誤配された郵便物をとりに来てほしい。と、そんな電話。そこも板倉さんと同じ。怒りに満ちた電話だ。

その日のみつば一区の担当はぼくだったので、引きとりに行った。新人ではないから、もちろん一人でだ。

そして、ちがうアパートのものを入れるなんて信じられないと、片岡泉さんに配達物を突きだされた。郵便物ではなかった。他社のメール便だったのだ。

それをやんわり指摘すると、さすがに片岡泉さんはあせった。あせったが、ゆずらなかった。でも持っていってくれと言った。その宛名の家に配達してくれと。他社のものを勝手に扱うわけにはいかないので、やはりやんわり断った。それでも片岡泉さんは引かなかった。融通がきかない、と。

で、そのとき部屋にいた片岡泉さんのカレシがキレた。ぼくにではなく、片岡泉さんにだ。何でこういうときに謝れないんだとカレシは言った。お前のそういうとこがすごくいやだと。

相手サイドからたすけ船が来るという、苦情対応においては初めてのケースだった。当然だがそのメール便は引きとらずに、ぼくはメゾンしおさいをあとにした。

数日後、配達に来た際、片岡泉さんに呼び止められ、アイスをもらった。今と同じこの段に二人で座り、そのソーダ味の棒付きアイスを食べた。ごめんなさいと謝られた。例のメール便は、何と、片岡泉さん自身が宛名のアパートを探して届けたという。

そのアイスを食べたときに、片岡泉さんは言ったのだ。わたしはほんとに気が利かないのだと。だからジュースなどでなくその場で食べきらなきゃいけないアイスなんかを出してしまう、そういうことにいつもあとで気づくのだと。

今の、ペットボトルのほうがよかったよね？　は、それを受けての言葉だ。

「あのアイスをもらったときから、もう一年なんですね」

「だねぇ。あのときは、次はペットボトルの飲みものをあげようと思ったはずなのに、こうやって時間が経つと忘れちゃう。わたしみたいにバカな人は、一回じゃ無理。何回も同じ失敗をして学んでいくしかないんだね」

「本当にバカな人は、アイスのこともぼくのことも忘れちゃいますよ」

「あ、出た」

「はい？」

「郵便屋さんらしい、気の利いた一言」

「何ですか、それ」

「もう今のが聞けただけで充分。だから郵便屋さんと話したいんだね、わたし。コーラのもとはとったよ」

「もとって」

笑いながら、コーラを飲む。甘い。が、キンキンかつピリピリで、確かにパンチがある。

「でもね、わたし、結構、人に謝れるようになったよ。輝伸（てるのぶ）とも一度大ゲンカをしたけど、わたしから謝った。もう別れたくなかったから。自分から男に謝ったの、あれが初めてかも。ちょっと気分よかった。輝伸、会ったことあるよね？」

「はい。一度」

「輝伸と二人で歩いてて、わたしが郵便屋さんに声をかけたんだ、確か」

「そうでしたね」

「木村輝伸」

「木村さん、なんですか」

「そう」

メール便の一件のあと、片岡泉さんはカレシと別れ、その木村輝伸さんと付き合った。歳は、片岡泉さんのほうがおそらく上だ。

「郵便屋さんさ、そのときにわたしが輝伸のこと、『あんまり輝いてないし、これから伸びそうでもない』って言ったの、覚えてる？」

「覚えてますよ。失礼なこと言うなぁ、と思ったから」

「そう。失礼なの。あれ、まちがいだった」

「はい？」

「輝伸ね、今、大学四年なんだけど、すごくいい会社に受かっちゃった」

「就職活動でってことですか？」

「そう。商社」

そして片岡泉さんは社名を挙げた。財閥の名を冠した、ものすごくいい会社だ。疎いぼくでさえ名前を知っているくらいだから、超がつく一流企業だろう。

「郵便屋さん、商社って何するとこか、知ってる?」

「よく知らないです」

「貿易なんだって」

「それもまた、よくわからないですね」

「わたしも。扱えるものは何でも扱うって言うから、その何でもって何なのよって訊いたら、輝伸もよくわかんないって。よくわかんないとこで、働けるのかな」

「働けるんですよ、きっと」

そう。働ける。ぼくだって、配達員になるまでは郵便のことなど何も知らなかったのだ。今でも、すべてを知っているわけではない。それどころか、たぶん、半分も知らない。でも働けてはいる。

「わたしさ、輝伸と別れてあげたほうがいいのかな」

「どうしてですか?」

「だって、釣り合わないじゃない。わたし、ただのショップの店員だよ。しかもバイトだし」

知らなかった。片岡泉さんはショップの店員だったのか。アルバイトの。

「釣り合うとか釣り合わないとか、そういうのは考えなくていいんじゃないですかね」

「いいんだよ。いいんだけど、考えちゃわない？」

「考えちゃいますね。ただ、今の時点でそこまで考えることは、ないんじゃないですか？」

「どういう意味？」

「何かおかしな励まし方ですけど、輝伸さんが輝いて伸びるかどうか、まだわからないですし」

「それは、どういう意味？」

「輝いて伸びるかどうかは、会社に入ってからの本人次第なんですよ。たぶん」

「東大に入ってもそのなかでビリになる人もいる、みたいなこと？」

「うーん。まあ、ものすごく大まかに言えば、そういうことかもしれません。東大でも会社でも、ビリまで順位はつけないでしょうけど」

何故か唐突に柴崎みぞれちゃんのことを思いだした。ベイサイドコートの十一階に住む、あのみぞれちゃんだ。

配達人と受取人は近づきすぎてはいけない。そう思っていた。でも、個人的な話を聞いた。一緒に写真も撮った。今考えれば、片岡泉さんとアイスを食べた経験があったからこそ、ああできたのかもしれない。

このメゾンしおさいには、三台分の駐車スペースがある。今は一台も駐められていない。だから道を往く人たちからは丸見えだ。一年前、アイスを食べたときもそうだった。あのときは、人々の視線が気になった。見られる前から気になった。一年後の、コーラを飲んでいる今は、何故かそうでもない。

平日の午後の住宅地。普段はあまりいないその通行人が、右から一人やってくる。若い男性だ。何となく見覚えがあるなぁ、と思っていたら、こちらへ向かってきた。男性が、段に座っている片岡泉さんとぼくに気づき、声を上げる。

「げっ！」

「ねぇ、テルちん、わたしと別れたい？」と片岡泉さんが言う。

「げげっ！」

何となく見覚えがあるテルちん。木村輝伸さんだった。

片岡泉さんとぼくの前で立ち止まり、輝伸さんは弱々しい声で言う。

「ちょっと、何なんですか、これ。浮気じゃないですかぁ」

「わたし、自分のアパートの前で浮気しないわよ」

「でも」

「郵便屋さんも、仕事中に制服姿で浮気相手にはならない」

「でも」

「あんたさ、偏差値は高いんだから、少しは考えなよ」

「じゃあ、別れるって何ですか。『別れたい？』って何なんですか」

「その偏差値が高いあんたがいずれわたしを捨てるんじゃないかと思っただけ」

さすがは片岡泉さん。いさぎよすぎて気持ちいいくらいの、ストレート発言だ。

「何言ってるんですか。そんなことするわけないじゃないですか。もしかして、泉さんのほうこそ、ぼくを捨てようとしてるんじゃないですか？」

「捨てないわよ。これから稼ぐのに、もったいない」と、またしてものストレート。

「うそついてないですか？　ごまかしてないですか？」

輝伸さんはまだ敬語なのか。ぼくはたまきに言われて直したが。わざわざ直させたりはしないところが、片岡泉さんらしい。

らしいと言えるほど片岡泉さんのことを知ってるわけじゃないよな、と思ったあとで、こうも思う。いや、でも知ってるのかな。一緒にアイスを食べたし。コーラも飲んだし。

片岡泉さんの返事を待たず、輝伸さんは質問を重ねる。

「ほんとに浮気じゃないんですね？」

「クドい」

「だって、泉さん、カッコいい人に弱いから」

「カッコいい人に弱いなら、何であんたと付き合ってんのよ」

「それは、ぼくが将来有望だからですよね？」

「あ、自分で言っちゃうんだ？　そういうこと」

「いや、泉さんが言ったんじゃないですか、これから稼ぐって。というか、その前に。春行似の郵便屋さんほどではないけど。ぼく、そこそこカッコいい、ですよね？」

「は？　そんなこと言ってるとぶっ飛ばすよ。この大卒野郎」

「いや、まだ卒業はしてませんよ」

「じゃあ、大卒予定野郎」

そのやりとりに笑いつつ、コーラを飲む。

片岡泉さんも飲む。

「一口」と片岡泉さんに言って缶を受けとり、輝伸さんも飲む。

「それ、残り全部飲んじゃって。で、わたしはまだ郵便屋さんと話があるから、テルちんはなかに入ってて。ドアに耳くっつけて何話してるか聞こうとしちゃダメだよ」

「聞きませんよ。じゃあ、えーと、郵便屋さん、どうも」

「どうも」

　輝伸さんがおとなしく一〇三号室に入っていく。静かにドアが閉まる。

「テルちんて呼んでるの、バレちゃった」と片岡泉さんが笑う。「やつ、勉強の偏差値は高いんだけど、生活の偏差値は低いのよね。部屋でさ、『隣の音ってどのくらい聞こえるもんなのかなぁ』とか言って、壁に耳当てたりすんの。エッチな声が聞こえてくるのを期待して。中学生かよ」

「いいですね」

「何が？」

「生活の偏差値が低いっていうの」

「よくないよ」

「よくないけど。言葉としてはいいですよ。何か、すごくわかります。商社と貿易は、よくわからないけど」

「郵便屋さんてさ」

「はい」

「やっぱり変だよね。輝伸が変なのとはちがった意味で、変。いいほうの、変」

「じゃあ、よかったです。いいほうなら」

「ほら、変」

笑いながら、空を見る。目を細めなければ見られない。午後三時を過ぎたのに、それくらい陽射しが強い。

暑い。梅雨の晴れ間のはずが、その晴れ間のほうがメインになりつつある。そろそろ梅雨が明けるのかもしれない。実はもう明けてました、みたいなことになるのかもしれない。何であれ、雨が降るよりはいい。ぼくら配達員にしてみれば。

去年もここで、同じように空を見た記憶がある。もう一年経つのだ。来年も、この段にこんなふうに座れてたらいい。

「さっき片岡さんが言った理由で別れる必要はないですよ」と自分から言う。

「何で？」

「片岡さん自身が必要とされてるじゃないですか、輝伸さんに」

「されてる？」

「されてます。今のを見ただけでわかりますよ。必要とされてるし、信頼もされてます。そうでなきゃ、男がカノジョの部屋で壁に耳を当てませんよ」

片岡泉さんは、一瞬きょとんとしてから、笑う。

「そう言ってくれるのはうれしいけど。カレシが壁に耳を当ててカノジョがそれを許してるって、何か、ヘンタイカップルみたいじゃない？」

「許してるんですか？」

「許してはいないけど」

「片岡さんがいるから、輝伸さんは生活の偏差値を下げてられるんだと思いますよ」

「それもうれしいけど。見ようによっては、わたしが偏差値を下げちゃってる、みたいにならない？」

「なりませんよ。例えば片岡さんが、逆さにしたコップを壁に当てて隣の音を聞くとか、率先してそういうことをするなら別ですけど」

「あ、それ、一度やった」

「やったんですか？」

「うん。だって、ほら、こっちの音も聞こえちゃうのはいやだなぁ、と思って。試したの」

「あぁ。そういうことなら、セーフです」

「ほんとにセーフ？」

「ええ。セーフ」

「ノー・ヘンタイ？」

「ノー・ヘンタイ」

「よかった」

「ぼくもよかったです。ほんとにヘンタイなら、急いで忘れなきゃいけないとこでした」

そんな話まで聞いてしまったのだから、やはりぼくは片岡泉さんのことを知ってるよなぁ、と思う。知っててもいいんだよなぁ、と。

言う。カレシの恥ずかしいことまで教えてくれたのだから、ぼくも言う。

「前に片岡さんも言ってましたし、今、輝伸さんも言ってましたけど。ぼくは、春行に似てますよね」

「うん。似てる」

「ぼくら、兄弟なんですよ、実は」

え、そうなの？　という言葉はこなかった。きたのはこんな言葉だ。

「わたし、知ってたよ、実は」

「え、そうなんですか？」

「そう。あまりにも似てるから、ネットで春行のことを調べたの。だって、似方がさ、他人の空似っていうのとはちがうんだもん。赤の他人でもタレントに似てる人はよくいるけど、血がつながってるからこその似方とは、どっかちがうのよ。パーツは似てても、輪郭とか骨格とか、こう、全体的なものがちがうっていうか。でも春行と郵便屋さんには、何か、同じ血を感じたのよ。だから調べちゃった。すぐにわかった。本名なんだね、春行って。で、名字が平本。やっぱり、と思った」

「すぐにわかったんですか？　春行の名字」

「すぐもすぐ。ウィキペディアに出てたもん」

そうなのか。まあ、春行も、芸名として春行を名乗っているだけで、別に名字を隠そうとしてはいないから、そんなことにもなるだろう。

「それ、いつ見ました？」

「えーとねぇ、先月とかも見たよ。すごいよね。出演した番組のリストがどんどん長くなっていく」

とはいえ、情報がすべて更新されてはいないらしい。春行は平本のままでいるわけだ。伊沢ではなく。

軽くなった缶を傾け、コーラの残りを一気に飲み干した。コーラの一缶をいちどきに飲んだのも、本当に久しぶりだ。

「でも郵便屋さんがこうやって自分で教えてくれて、わたし、結構うれしい」

片岡泉さんがネットで調べたことを自分で教えてくれて、ぼくも、結構うれしい。

＊　＊

メゾンしおさいの前で片岡泉さんと別れると、ぼくは配達を再開した。

今日は配達物数が多かったため、昼食休憩は三十分と短めにし、午後の休憩も省いた。結果、配達はむしろ早めに終わり、時間に余裕ができた。

そこで、局に戻る前に、みつば第二公園でちょっと休んでいくことにした。片岡泉さんとのコーラタイムを休憩と考えたとしても、あと三十分は休める計算だ。

さすがにコーラ一缶でお腹はタプタプになっていたので、いつもならクリーニング屋さんのわきにある自動販売機で買う微糖の缶コーヒーはなしにした。

みつば第二公園は、みつば第三公園から鉄棒をとり除き、その分さらにこぢんまりとさせたような児童公園だ。

実を言うと、ぼくが三好たまきに告白した公園でもある。すでに顔見知りにはなっていたたまきが、ぼくの休憩中にそこを通りかかったので、今度、飲みにでも行きませんか？　と誘ったのだ。それまでその手の話なんて一度もしたことがなかったのに。その場の思いつきで。たまきの返事は、何と、イエスだった。ぼくは密かにここを奇蹟の公園と呼んでいる。

一人の女性がその公園に入ってくる。あんなふうにたまきもやってきたんだよなぁ、と思う。あんなふうにやってきて、公園をただ通り抜けるだけの人をジロジロ見てたら失礼だからとあえて目をそらしていたぼくに気づき、声をかけたのだ。

「郵便屋さん」と、その女性までもがぼくに声をかける。

「はい?」

あのときのようにあえて目をそらしていたので、あわてて相手を見た。

四十代前半ぐらい。誰だかわからない。

「あぁ、よかった。やっぱりあなたでしたね、こないだウチに来てくれた」

それで思いだした。板倉さんだ。板倉勝人さんの、奥さん。誤配などのミスを重ねないよう、あのあと配達原簿で確認した。名前は、由美(ゆみ)さん。

「どうも。あのときは」と立ち上がり、礼をする。

「休憩中?」

「はい」

「ごめんなさい。じゃあ、座って」

「あ、いえ」

「わたしも座るから」

そう言って、板倉由美さんが隣のベンチに座る。ぼくも座る。二つのベンチは少し離れているが、話はできる。

「さっきね、家にいて、バイクの音が聞こえたから、あ、郵便屋さんが来た、と思ったの。でもわたしがモタモタしてるうちに行かれちゃって」

「すいません。何かご用でした?」

「いえ、そうじゃないの。ちょっと謝っておきたいと思って」

「えーと、何をでしょう」

「こないだはごめんなさいね、ウチの人があんな言い方をして。ほんとは局さんに電話もさせたくなかったの。だって、まちがえて配達されたわけじゃないし、郵便屋さんのせいだとも限らないから。電話で呼びつけるだけじゃなく、あの場であそこまで言うとは思わなかった。あれはないですよね」

「いえ。あの形で郵便物を入れてしまったのであれば、言われてもしかたがないです。少なくとも、事情を説明して、手渡しするべきでした」

「そもそもは、あんなキツい言い方をする人じゃないんだけど。会社をやめてからは、かなり気が立ってて。よくないことが、こう、続いちゃったもんで」

そうとわかるように、うなずく。小刻みに、二度三度。

「いろいろあってね、やめざるを得なくなったんですよ。会社から独立する人の肩を持ったような感じになっちゃって。その人、お客さんをたくさん抱えてたから、会社にとっては痛手だったみたいで。ウチの人もね、来る気があるなら引っぱってやると言われてたの。でもいざそういうことになって頼ろうと思ったら、こっちもキツいからとあっけなく断られて」

「あぁ」

「もう四十三だから、再就職も、そう簡単にはいかなくてね」

でしょうね、とは言えないので、ただうなずく。

そして板倉由美さんの話は飛ぶ。遠くへではなく、近くへ。

「お隣とも、ちょっともめたんですよ」

有賀さんと迷ったりはせず、そこはすんなり言ってしまう。

「山部さん、ですか?」

「ええ。ご主人が、お休みの日に時々、庭の芝を刈るんですよね。かなり古い型の芝刈り機で。わかります？　あの、手で押すタイプの、ガラガラいうあれ」

「わかります。意外と大きいんですよね、あの音」

「そう。音が大きいだけならいいんだけど、朝六時ぐらいから、やっちゃうんですよ、ご主人。ただでさえカリカリきてたとこへのそれで、ウチの人、文句を言いに行っちゃって。そこでは、『もう少し遅い時間にしてもらえませんか？』と穏やかに言ったんですけど。でも山部さんは気を悪くしたみたいで。こちらからあいさつをしても、応えてくれないようになって」

「大変なんですね、一戸建てのお宅も」

「で、そんなとこへあの封書が届いちゃったもんだから、ウチの人、ああなっちゃって。事情はどうあれ、関係ない人に当たっちゃダメですよね。ほんと、ごめんなさい」

「いえ。関係ないことは、ないですし」

「もう一人のかたにも、謝ってたと伝えてください」

「はい。あの、こちらこそ、すいません。気をつかっていただいて」

「じゃあ、これで。お休みのとこ、お邪魔しちゃってごめんなさい」

板倉由美さんが立ち上がったので、ぼくも立ち上がる。お互いに礼をして、別れた。

由美さんは去っていき、ぼくはその場に残る。

公園を出るところで由美さんが振り返り、再度礼をする。ぼくも返す。そして由美さんの姿が見えなくなるのを待ってベンチに座り、ふうっと一つ息を吐く。

板倉勝人さんの退職の事情を、遥かに歳下のぼくなんかに明かしたくはなかっただろう。でも由美さんは、勝人さんの印象を悪くしないほうを選んだ。他人を怒鳴りつけるいやな人間と思われるよりは、事実を明かしてしまうほうを選んだのだ。山部さんとの件を話したのも、事情を正確に伝えたかったからで、ぼくと同じ推測をしたからではないだろう。そんな気がする。そして由美さんがこうしたことを、おそらく勝人さんは知らないだろう。そんな気もする。

郵便局員は、民営化した今も、公務員のように見られることがある。時には怒鳴られたりすることもある。

でもたまには、こんなふうにすくわれることもある。

＊　＊

春行自身がおネエになるというわけではなかった。春行は春行だった。バラエティ番組に出て陽気にしゃべっているときのままの春行だ。

ゲイバーに勤めてはいるが、ごく普通の男のバーテンだった。ドリンクや軽食をつくったり、あれこれ雑用もこなしたりするバーテンだ。苦労して入った一流企業にあっさり切られ、知り合いの知り合いのツテでゲイバー『オトメ座』に勤めることになったという。

おネエたちは『オトメ座』を訪れた老若男女のお客たちを楽しませ、春行はおネエたちを楽しませた。バーテン春行はおネエたちから人気があった。ドラマの最後には、ほっぺにチュウをされていた。そのおネエ、サバ子さん（しめサバ大好き！）は言った。スキあらばキスしちゃうわよ〜ん。もちろん、春行がドーンといったあのドラマ『スキあらばキス』を意識したセリフだ。他局なのにそのセリフ。深夜帯のドラマらしい感じだった。

「結構、おもしろくない？」とぼくが言い、

「おもしろい」と百波が言った。

春行主演の連ドラ『オトメ座のオトコ』。その第一回の放送を、ぼくのアパートで見たのだ。

春行も来るはずだったが、来られなかった。このドラマの撮影があるのだという。そんなわけで、今日も百波と二人。初めから二人とわかっての、二人だ。

だから、梅のり塩味のポテトチップスとピーチほか二種類のサワーはぼくが買ってお

いた。自分だけ第三のビールというのもわびしいので、今日は普通のビールにした。プレミアムモノではないが、きちんとビールを名乗れるビールだ。

「ドラマ、放送が始まったのにまだ撮影してるんだね」と百波に言ってみる。

「連ドラはそれが普通だよ。途中で脚本が変わることもあるし。むしろ、わざとそうしてるんじゃない？　視聴者の反応を見て、いじれるように」

「あぁ。なるほど」

「監督に出演者、撮るほうは大変だけどね。それでいいものになるかどうかもわからないし。まあ、視聴率をとれれば、結果としてそれがいいものってことになるんだろうけど。最近さ、ほんと、よくわかんないよ。何なんだろうね、いいものって。見てる人が喜べば、いいものなのかな。それとも、カンヌとかに行けば、いいものなのかな」

梅、ライチに続く三本めのピーチサワーを飲みながら、百波は続ける。

「って、わたし、語っちゃってる？」

「というほどでもないよ。ぼくが訊いたんだし」

「でもさぁ、正直、今日はほんとに撮影なの？　って気もしてんの」

「ん？」

「春行。中道さんと会ってたりして」

「あぁ。それは、ないんじゃない？」

「ないっていう根拠、ある？」

「ない」

中道結月は、『オトメ座』を訪れるお客の役だった。すでに酔った状態で会社の同僚に半ば無理やり連れてこられた彼女は、そこでおネエを見下した発言をしてしまい、耐えかねた春行ともめるのだ。そこでドラマの第一回は終わった。今後の展開やいかに。

「春行、あの人と二人でご飯食べに行ってた」

「え、ほんとに？」

「ほんとに」

「どうしてわかったの？　もしかしてケータイを」

「ちがう。そうじゃない。春行、バカだから、自分で言っちゃったの。『オマール海老って、あれ、ムチャクチャうまいのな。中道さんにすすめられて食ったんだけど』って」

「でもそれだけで、二人で行ったことにはならないんじゃない？」

「そこ、わたしとも行ったお店なの。ほとんどが二人用の個室。だから芸能人がよく来る」

「お忍びでだ」

「そう。春行、お店の名前を先に自分から言っちゃうんだもん。それを忘れて、あとで中道さんの名前出してんの。ほんと、バカ。バカすぎて、いやになる」

「それは、隠そうとしなかったっていうことじゃないの？」

「じゃない。バカだから、言っちゃった」

そのバカまでもが春行の計算ということはないだろうか。うそはつきたくない、だからそんなふうに言う、みたいな。

「わたしさ」と、百波がぼくをななめの位置から見て言う。「ほんとに秋宏くんと付き合えばよかった。前にも言ったよね？　顔はそっくりで性格は春行よりいいんだから、秋宏くんのほうが上だって。今は本気でそう思うよ」

「でも、ほら、春行がいたからこそ、ぼくらは知り合ったわけだし」

「だから何？」

「何ってこともないけど」

ぼくも三本のビールで少し酔っているせいか、理屈を組み立てられない。失敗だ。明日が休みなので、飲みすぎた。

百波がトロンとした目でぼくを見ている。写真や映像の百波がではない。本物の百波がだ。ななめの位置からの、トロンとした目。流し目というやつだろう。単なるセクシーの域を、ちょっと超えた感じがする。

芸能人だからか、百波には、かなり大胆なところがある。バスタオル一枚という格好でバスルームから出てきてしまうし、ぼくの前で春行とキスもしてしまう。またそれをさらりとやるのだ。見せつける感じは微塵もなく。

マズい。たまきと付き合っていることを、言っておけばよかった。春行にも百波にも、まだ言ってないのだ。言えばまちがいなく、会わせろ、連れてこい、になるから。会わせること自体はいいのだが、何というか、たまきとぼくがまだその段階まで進んでない。お互いの友人知人にカレシですカノジョですと紹介できるところまでは。

ぼくが春行の弟であることは、たまきに話してある。だが春行に会うとなると、たまきにも心がまえが必要だろう。たまきは春行のファンではないが、それでも春行は有名人。自分の領域に入ってくると、ちがうのだ。ぼくだって百波のファンではなかったが、会ったときはやはり驚き、動揺した。まあ、ぼくの場合は、不意打ちだったせいもあるが。

たまきにも、春行が百波と付き合っていることまでは話してない。それを知っているのは、春行の側ではぼくだけ。百波の側では、ミカさんという名前の友だちだけだ。

だからこそ、ぼくはひやひやする。今こんな状況になっているとたまきに知られたら。ぼく自身が浮気者になってしまう。春行になってしまう。

「あーあ、秋宏くんがカレシだったらなぁ」

百波の目が、ますますトロンとしてくる。もう、セクシーというか、ほとんどエロチックの域だ。

春行も浮気したんだから、わたしもいいよね。そんな言葉が続くことを想像する。してしまう。期待はしないが、想像はしてしまう。

続くのは、こんな言葉だ。

「眠っ」

「え?」

「今日は街歩きのロケとそのあとのフィットネスクラブで疲れた。もうダメ。寝る」

「いや、ここで?」

「タオルケットちょうだい」

そう言って、百波は早くも横になる。

「ちょっと待って。そっちの部屋にフトン敷くから」

「じゃあ、敷いて。そのあいだに寝ちゃうから、そこまで運んで」

「二分で敷くよ」

「一分」

「じゃあ、一分」

「でも運んでね。運ぶときに変なことしたらダメだよ」

「しないよ」

「しないんだよねぇ。秋宏くんはしないんだよ。春行はするけど」

ほめられているのかけなされているのか、よくわからなかった。ほめられているのであればうれしいし、けなされているのであれば悲しい。ただ、逆も成立する。ほめられているのであれば悲しいし、けなされているのであればうれしい、というのも。

急いで隣の部屋に行き、急いでフトンを敷いた。ここに引っ越してきたときに春行が贈ってくれた、高級ブトンだ。掛ブトンは羽毛で、敷ブトンは羊毛。

贈られはしたものの、ぼく自身はほとんどつかったことがない。主に春行と百波がつかっている。二人で密会したときや、こうしてどちらかが単独で来たときに。

敷いた羊毛ブトンにタオルケットをはらりと載せ、枕をどさりと置く。そこまでで一分三十秒。

居間に戻ると、百波は本当に眠っていた。寝息がかすかに聞こえる。たぶん、演技ではない。

閉じた目のふちが、少し濡れているように見えた。

たかだか九十秒前に、エロチック、などと見てしまった自分を恥ずかしく思う。ぼくの兄を、そこまで好いてくれる人なのに。

*　*

板倉由美さんが話してくれたことは、早坂くんにも伝えた。早坂くんとぼくがともに出勤した日の朝にだ。

機械で区分されてきた郵便物をチェックしながら、早坂くんはぼくに言った。

「よかったです。ほっとしました。そんなこともあるんですね、奥さんがわざわざ謝りに来てくれるなんて」

「そうそうあることじゃないけどね」

「ぼくもあれから、いろいろ考えました。大学のころにファミレスで自分が苦情を言う側になったことまで思いだしましたよ」

「言う側に、なったんだ？」

「はい。友だちと二人で行って、ぼくは和風ご膳を頼んだんですよ。ご飯とみそ汁とおかずがまとめてお盆に載せられてくるような。で、それを食べてる途中で、チャバネゴキブリが出たんですよね」

「チャバネ」

「ええ。部屋に出るような黒いのじゃなくて、そういう飲食店でよく出るやつ」

「小さめなやつだ」

「それです。そいつが、お盆の上にいたんですよ。お皿とかお椀の陰に隠れてたんでしょうね。ササッとお盆を横切ったんで、さすがにうわっとなって、ぼくは食べるのをやめました。向かいに座ってた友だちには、見えてなかったらしいんですけど」

「で、どうしたの？」

「テーブルならともかく、お盆の上だからちょっと気持ち悪くて。店員さんを呼んで、お願いしたんですよ。手をつけちゃったのに悪いけど、ご飯だけでも替えてもらえませんかって。おかずはタレがかかった肉か何かで、汁気があったから、そのお皿にいたはずはないと確信できました。でもご飯はちょっと。そこにゴキがいたと思ったわけではないですけど、気分的に何か」

「うん。わかるよ」

「店員さんは、どこですかって、ゴキを探しはじめたんですよね。で、いないですけどって。いるわけないんですよ。ゴキだから、逃げますし」

「ご飯は、替えてくれたの？」

「一応。でもこれが、何ていうか、こう、すごく雑な盛り方で。茶碗に残ってたご飯をただ上下ひっくり返して入れ直したような感じでした。店員さんの気持ちをそれで表してるみたいな。完全に思いこんでたんでしょうね。イチャモンをつけてタダにさせようとする客だろうって。すいませんの一言がないどころか、会計のときのありがとうございましたもありませんでしたよ」

「で、怒ったんだ」

「いえ。普通なら怒るんでしょうけど、何か驚いちゃって。もう、怒るというより悲しくなりましたよ。ゴキにお盆の上を走られて、それをうそだと思われて、汚くよそったご飯を出されて、当たり前にお金を払って、ありがとうございましたすらなしで。ほんと、呆然としました」

「それは、ひどいね」

「そのときのことを、考えてみたんですよ。店員さん側の立場になって。普通にお金をとって、たかり屋を追い返せたわけだから、してやったりですよね。毅然と対応したから向こうも強く出られなかったんだと、喜んだはずですよ。店の損を出さずにすんだと」

「長い目で見れば、損はしてるよね。もう行かなかったでしょ？　その店」

「行かなかったですね、さすがに」

苦情を言う側になったと早坂くんは言ったが、結局、言わなかったわけだ。話の転がる先が見えない。

こうだった。

「それで、思いました。勝手に決めつけて思いこんじゃうのはこわいなと。根拠もないのに、隣の山部さんを疑ったりしちゃいけないですね。だからもう、板倉さんの件であれこれ考えるのはやめます。考えたところで、わからないですもんね。事実がどうだったかなんて」

早坂くんが出勤しているので、この日のぼくの担当はみつば二区だった。

配達は順調に進んだ。ベイサイドコートのエントランスホールで柴崎みぞれちゃんに会うようなことは、もちろん、なかった。

が、久しぶりに柴崎敦子さん宛の書留が出ていたので、一、一、〇、三、とインタホンのボタンを押して、返事を待った。

なかった。手が離せなくて出られないということもあるので、いつものように、もう一度コール。

その二度めも、返事はなかった。柴崎敦子さんだけでなく、みぞれちゃんもいないのだ。家には。

よかった。たまたまとはいえ、それを知ることができて。

ベイサイドコートの敷地から出るところで、あの杖をついた男性を見た。おそらくはリハビリ中なのであろう、三十代半ばぐらいの男性だ。こちらには気づかなかった。速度は遅いが、必死に歩いていた。がんばってほしいな、と思った。もうすでにがんばってはいるのだから、さらにがんばれとは言えない。でも、思うくらいは許してほしい。

午後四時。その日の仕事を終えて局に戻ると、車庫で早坂くんと一緒になった。

「聞いてくださいよ、平本さん」と早坂くんは興奮気味に言う。「さっき、板倉さんに会ったんですよ」

「奥さん?」

「いえ、ご主人です。勝人さん」

「会ったって、どこで?」

「家でです。板倉さん宅で。といっても、書留とかがあったわけじゃなく。門扉(もんぴ)のとこにいたんで、郵便物を手渡ししたんですよ」

「で?」

「『こないだは悪かった』と言ってくれました」

「自分から?」

「はい。たまたま郵便物をとりに出てきたように見せてはいましたけど、板倉さん、たぶん、ぼくを待っててくれたんですよ。ぼくをというか、ぼくか平本さんを。だって、そうでもしなきゃ、会えないですもんね」

そう。逆に、それをすれば、ぼくらには簡単に会える。

早坂くんの言うとおりなのだと思う。ただ、ぼくをではない。板倉さんは、早坂くんを待ってたのだ。あの日の配達担当者で、とりわけキツい言葉を浴びせてしまった早坂くんを。もしかしたら、由美さんが勝人さんの背中をぽんとひと押し、というようなことも、あったのかもしれない。

「正直、初めはあせったんですよ。うわ、また何かやっちゃったのか、また怒られるのかって。でも板倉さんが言ったのはそれで。ぼくも、わけもなく謝っちゃいました。『何かもう、とにかくすいませんでした』って。『ありがとうございます』とも言っちゃいました。意味わかんないですよね、そこでありがとうございますって」

「わかんないけど、伝わったとは思うよ」

「板倉さん、『タオルをつかわせてもらったよ』とも言ってました。『粗品にしては質がいい』って」

「あのタオルをほめられたのは初めてだよ」

「平本さんが言ってたそのあとが大事っていうのを、板倉さんにも教わった気がしますよ」

だとすれば、その効果は、ぼくの口から言葉で聞くよりもずっと大きいだろう。

早坂くんが初めてぶつかった高い壁。その壁が、今日壊れた。板倉夫妻が壊してくれた。でも早坂くん自身も、瓦礫の山を乗り越えた。そういうことなのだと思う。

＊　＊

百波とは何もなかった。隣の部屋に運びはしたが、もちろん、変なことはしなかったし、したいという欲求も湧かなかった。

ただ、たまきに対して、ちょっと後ろめたさは残った。自分のアパートで、二人きりになった百波をフトンまで運んだのだ。お姫さま抱っこをして。つまり、腿や背中に触れて。不可抗力とはいえ、胸やお尻にも少しは触れて。

そのこと自体は別にやましくないのだが、隠さなければいけないことがやましい。やましくないやましくないと自分に言い聞かせていることがやましい。

いや、やましくないやましくない、ちっともやましくない、と唱えながら、ぼくはみつば局からカーサみつばまで歩き、そこの階段を上った。

明日の土曜は休みという金曜日。仕事を終えての午後六時だ。まだ空は明るい。そして、暑い。キンキンに冷えたコーラが飲みたくなる。

二〇一号室のインタホンのボタンを押す。

ウィンウォーン。

ぼくが来ることはわかっているので、インタホンでの応対はない。いきなりドアが開く。

「おつかれ」とたまきが顔を出す。

メガネをかけてない。もう今日の仕事は終えたということだろう。そのおつかれを聞くだけでほっとする。気持ちがやわらかくほぐれる。

ワンルームだから、玄関に入るだけで、なかまで見渡せる。

部屋には男性がいた。

「え？」とぼくが言い、

「あっ」とその男性が言う。

上がるのをためらっているうち、男性の顔に見覚えがあることに気づく。

「郵便屋さんか」と、その男性、岩崎幸司（いわさきこうじ）さんが言う。

岩崎幸司さん。たまきの元カレシだ。歳は二つ上。ぼくが付き合うようになる少し前まで、たまきと付き合っていた。たまきがこの岩崎さんと別れたことを知って、ぼくの気持ちは一気にたまきへと傾いたのだ。

「どうも。お久しぶりです」と、何とも間の抜けたあいさつをしてしまう。

「そうか。君だったのか」と岩崎さん。「予想外は予想外だけど、こうなってみると、想定内のような気もするよ」

何だかよくわからない。たまきの浮気、ではなさそうだ。浮気なら、あんなにスムーズにドアを開けてぼくを迎えたりはしないだろう。その前に。ぼくがこの時間に訪ねてくることはわかっているのだから、わざわざこの部屋で会ったりはしないだろう。

ということは。と考え、ぼくは途端にそわそわする。もしかして、復縁？　その事実を、二人から直に告げられる？

「何してんの？　上がんなよ」とたまきに言われ、おそるおそる上がる。

たまきの仕事場でもあるので、部屋は雑然としている。日本語の本に英語の本。日本語と英語が入り交じった資料の束。そんなものがあちこちに積み重なっている。

隅にデスクがあり、その上にはノートパソコン。そのパソコンで、たまきは翻訳の仕事をするのだ。そして疲れたら背後のベッドで眠る。起きたらまた翻訳する。週に一度はぼくを迎える。

たまきがぼくのアパートを訪れたことはまだない。来てもらったほうが楽、とたまき自身が言うのだ。アキもこのほうが楽でしょ？　職場から近いし。

ワンルームに三人は狭い。それでも、ミニテーブルを挟んで向き合った。たまきはベッドに座り、岩崎さんとぼくは床に敷いたクッションに座る。たまきだけ目線が高い。岩崎幸司さんとぼくのテニスの試合で、審判はたまき。そんな具合。

たまきがグラスに注いだ冷たいジャスミン茶を、三人で飲む。

「えーと」とぼくが言い、

「驚いた？」とたまきが言う。

「驚いた」

「そりゃ驚くよね」と岩崎さん。「ごめん。こうなってるとは知らなかったから」

「わたしたちがお互いの連絡先を知らないことは、知ってるよね？」とたまきがぼくに言う。

「うん。聞いた」

岩崎さんは、この部屋の隣、二〇二号室に住んでいた。アパートの隣人同士として知り合い、たまきと付き合うようになったのだ。勤め先はスーパー。場所によっては二十四時間営業もしているような、規模の大きなチェーン店だ。

あまりしっくりこなくなっていた二人は、岩崎さんが異動になったのを機に別れた。その際、岩崎幸司さんは、異動先や転居先をたまきに告げなかった。二人で話し合い、そう決めたのだ。それぞれにケータイの番号は消した。未練を残さないようにするためだ。

「でもダメだった」と岩崎さんは言う。「たまきがどこに住んでるかは知ってるんだよなぁ、なんて思っちゃってさ。こんなことなら、番号を消さなきゃよかったよ。電話をかけさえすれば、事実を知ることができた。こうやって直接来ることはなかった」

「部屋に上がらせたのはわたし」とたまきが付け加える。「さすがに、帰ってとは言えなくて」

「で、たまきに話を聞いたんだ。もう付き合ってる人がいるからって。まあ、そうだよね。時間は経ってるわけだし」

「さっきも言ったけど、わたし、二股をかけたりはしてないからね」

「言う必要はなかったよ。郵便屋さんが相手なら」

「今日はアキが来ることになってるから、それなら会わせちゃおうと思ったの。幸司が来たって話だけをするのも、隠すのも、いやだったから」

「僕は会わなくていいと言ったんだけどね、たまきが、知ってる人だからって」

知っている。みつば一区を走っていて、この岩崎さんがいきなり角から飛び出してきたことがあるのだ。ぶつかりそうになったが、どうにかかわした。ぎりぎりセーフだった。

その後、カーサみつばの前で、配達人と受取人として再会し、ペットボトルのお茶をもらった。そして岩崎さんが隣に住むたまきと付き合っていることも知った。

「知ってる人って、こういうことだったんだな。あと十分も待ってればその人がここに来るって言うんだよ、たまきが。で、きっちり十分後、君が来た。まさかの君だ」

「あの」とぼくは岩崎さんに言う。「初めからそのつもりだったわけじゃ、ないですよ」

「初めからって?」

「春一番の日から」

「あぁ。洗たく物が飛ばされた日か」

「あのときから、その、何ていうか、たまきを狙ってたとか、そういうことではないです」

「わたしの下着だ」

「わかってるよ。別に疑ってない。君が原因で別れたわけでもないしね」

「アキ、想像力を働かせすぎ。さかのぼって心配しすぎ」

「じゃあ、僕は帰るよ。ごめん。邪魔したね」

「え、帰るんですか?」とつい言ってしまう。

「帰るよ。だって、いるのはおかしいでしょ」

「おかしい」と笑顔でたまき。

「でも」と真顔でぼく。

岩崎さんは、まだジャスミン茶をグラスの半分も飲んでいない。それはぼくも同じだ。

「じゃあ、そこまで送ります」

「送るって、僕は男だよ」

「男ですけど。でも、外まで」そしてたまきに言う。「いいよね?」

「お好きにどうぞ。わたしはここで待ってます」

というわけで、岩崎さんと二人、外に出た。

階段を下りて、道を少し歩き、角で止まる。岩崎さんが飛び出してきた、角だ。そこを曲がると、ＪＲのみつば駅に行ける。

「君は、やっぱり春行に似てるね」

「そうですか？」

「さっき部屋に入ってきたとき、一瞬、春行かと思ったよ」

ぼくが春行の弟であることを、岩崎さんは知らないはずだ。それをたまきに明かしたのは、岩崎さんと別れたあとだから。

「これが春行なら何だよって思ったかもしれないけど、君じゃしかたないと思ったよ」

「逆じゃないですかね」

「ん？」

「春行ならしかたないで、ぼくだから何だよ、じゃないですか？　普通は」

「あぁ。でも、ほら、僕は君のことを知ってるから」

そして岩崎さんとぼくは、たぶん、同時に同じことを考えた。

それを岩崎さんが口にする。笑って。

「とは言ってみたものの、ぼくは君の何を知ってるんだろうね」

「ですね」

「でも、やっぱり、知ってるんだと思うよ。少なくとも、洗たく物が飛ばされたときに理想的な伝え方をしてくれる人であることは知ってる。いい人を見つけたよ、たまきは。これできっぱりあきらめがついた。こんなふうになるのを期待してたようなとこもあるんだ。むしろ気分がいいよ。別れたカノジョを訪ねる。自分がそこまで軟弱なやつだとは思わなかったから。これ以上軟弱にならなくてよかった。たまきと仲よくやってよ。安心して。もう顔を出したりはしないから。じゃあ」

「どうも」

岩崎幸司さんは駅のほうへと去っていった。

その後ろ姿を、しばし見送る。

何とも言えない気分だった。清々しくもない。苦々しくもない。ちょっとだけうれしいのは、たまきがぼくに隠しごとをしなかったからだろう。

カーサみつばに戻り、階段を上る。気持ちの整理をつけるために、ゆっくりと上る。

二〇一号室のドアを開けたら、まずはこう言おう。

春行は百波と付き合ってるんだよ。二人はぼくの部屋によく泊まりに来るんだ。

そして、こう続ける。

最近は、百波が一人で来ることもあってさ。

＊　＊

その通知は、早坂くんが休みの火曜日に来た。

早坂くんがいないので、みつば一区の担当はぼくだった。

板倉家の門扉の内側には、由美さんがいた。奥さんだ。

「あ、どうも。こんにちは」と言って、ぼくはその日の郵便物を渡した。

ＤＭハガキと封書。二通だ。

「あぁ、よかった」と、封書を見て、由美さんが言った。「待ってたんですよ、これ」

「そうですか」

本当にうれしかったのか、由美さんは、さらにこんなことを言う。

「ウチの人の採用通知なんですよ。採用の場合だけ、今日までに通知が来ることになってたの。必要な書類も同封されて」

「それは、おめでとうございます」

「ありがとうございます。ウチの人はね、こわいもんだから、一人で出かけちゃったの。ちょっと買物に行ってくる、とか言って。だから、わたしが見張り役」

「見張り、ですか」

「あ、別に悪い意味じゃないですよ。郵便屋さんを見張るとか、そういう意味じゃないです。ただ、通知が来るか来ないかを、はっきり確かめようと思って」

「なるほど」

「正直ね、会社のランクは下げたんですよ。お給料はよくないし、お休みも少なくなりそう。でもよかった。ほんと、よかった」

「ならぼくもよかったです、そういうものをお届けできて」

「わたしね、ある意味、郵便屋さんのおかげだと思ってますよ。あの人、郵便屋さんにガーッと言いたいことを言って、それで吹っ切れたみたいだから。そんなことに付き合わせちゃって、申し訳ないですけど」

「いえ、それでいい結果になったのなら、ぼくらもほんと、うれしいです。差し支えなければ、ご主人にも、おめでとうございますとお伝えください」

「ありがとう。伝えます。引き止めちゃって、ごめんなさい」

「いえ。じゃあ、失礼します」

そしてぼくはバイクを走らせ、隣の有賀さん宅へ向かう。

隣も隣なので、距離はせいぜい二十メートル。

それだけの空間でも、心地いい風は吹く。自分が動くことで、空気は風になる。
今日が休みなんて、早坂くん、ツイてないなぁ、と思う。

サイン

「谷（たに）です。どうも」

あいさつはそれだけだった。名字そのものが二音ということもあり、おそらくは最短記録。それだけ？　といった先を促す声も上がらない。そうさせないような気を、谷さん自身が発していたからだ。

十月。異動の時期。四月に新人の早坂くんが入ってきたばかりなので、少なくともウチの班に動きはないものと予想していた。異動の目安は五年とされているが、目安はあくまでも目安。皆が五年で動くわけではない。七年八年と居つづける人もいるし、短ければ三年で動く人もいる。

去ることになったのは綿貫（わたぬき）さんだ。みつば局に来て、三年半。おかしくはないが、やや早い。今、三十三歳。異動と同時に何か役がつくということかもしれない。

その綿貫さんの代わりにやってきたのが谷さんだ。谷英樹（ひでき）さん。三十歳。

来るのが谷さんという人だと聞いたとき、もしや、と思った。本人を見て、あいさつを聞いて、あの谷さんでまちがいないだろうと確信した。

半年前に早坂くんと入れ替わりで異動した木下さん。ワールドカップを狙えそうなほど配達が速かった伝説の人、木下大輔さん。その木下さんの配達が速くなるきっかけをつくったのが、谷さんだ。

送別会のときに、木下さん本人から聞いた。自分のことはほとんど話さなかった寡黙な木下さんが、最後の最後に明かしてくれたのだ。木下さん、どうしてそんなに速いんですか？　配達。と、軽い気持ちで尋ねたぼくに。

ムカついたから。それが木下さんの返事だった。十八のとき、入って一ヵ月で、速いやつから、遅ぇなぁって言われた。で、そいつを殴った。殴ったからには、こいつより速くなろうと決めた。だから。

その速いやつというのが谷さんだった。それは木下さんから聞いたわけではない。あとでたまたま知った。木下さんが谷さんを殴った話は、わりと有名らしいのだ。わかるような気はする。その手の話は、尾ひれがついて広まるものだから。

早坂くんのような新人ではなくても、異動してきた人には、一応、通区をする。どんなベテランでも、初めて来た町の道はわからないので、配達のコースだけは教える。

その通区を、ぼくが任された。谷さんにはまず三区の四葉を担当してもらうことになったからだ。

ぼくのほかにも、四葉を配達できる人は班に三人いる。一番下っぱということで、ぼくにその役がまわってきた。要するに、通区は面倒なのだ。このお宅は郵便受けが二つありますけど入れるのはこちらに、だの、おとなしそうに見えますけどこの犬は嚙みます、だのと、あれこれ伝えなければいけないから。

ただ、そうした面倒がなかったとしても、ほかの人たちはやはり敬遠していたような気がする。

通区には二日を充ててもいいのだが。

「一日でいいよ」と谷さんは言った。「道がわかりゃ、それでいい」

そんな谷さんと二人、国道をまたぐ陸橋を渡り、みつばから四葉へと向かった。

埋立地のみつばに対して、高台に位置する四葉は、古くからある住宅地だ。みつばのように区画整理されてはいない。雑木林や空き地がまだあちこちにあるし、農家も田畑もある。道もまっすぐでないものが多く、右にカーブしたり左にカーブしたりする。把握してないうちは、方向感覚が見事に狂わされる。

だからやはり通区は必要だと思うのだが。

谷さんはそう思っていないようだ。

ぼくのバイクのあとについてはくるが、家々を熱心に見たりはしない。注意点を細かく伝えても、返事はない。質問もしてこない。これが今日の仕事だからしかたなくここにいる、という感じだ。

時として、いなくなることさえある。配達のコースから外れたわき道に、予告もなく入っていってしまうのだ。だから、ぼくのほうが配達の手を止めて待ったりする。で、戻ってきたら、再開する。

初めの三十分で、もうそんな状態になった。それからは沈黙が続いた。ぼくが注意点を説明する。返事も質問もない。一方的な沈黙。

昼食は、無人の神社でとった。局に戻る手間を省くため、四葉ではそうすることが多いのだ。ただの休憩なら道端の木陰ですることもあるが、ものを食べるとなると、そうもいかない。

二つあるベンチに分かれて座り、ぼくは途中のコンビニで買った和風幕の内弁当、谷さんは菓子パンを食べた。

「パンじゃ、お腹空かないですか?」

「空かない」

その一往復で、会話は終了する。もう慣れた。気にならない。

ぼくなら菓子パン二つじゃもたないなぁ、と思っていたら、いきなり谷さんが言う。

「お前、春行の弟なの？」

「あぁ。はい」と返す。

しばし待つも、その先はない。

その確認でやはり会話は終了なのだな、と思っていたら、今度はこうきた。

「まあ、だから何だって話だよな」

よくわからない。谷さんがぼくにそう訊いたことが、だから何だって話なのか。ぼくが春行の弟であることが、だから何だって話なのか。どちらかといえば、後者に聞こえた。タレントの弟だからって別にエラくも何ともねえよな、というような意味に。

もちろん、そのとおりだ。タレントの弟だからって、エラくも何ともない。エラいと思ったことは一度もない。エラいと思ってると思われたことなら、例えば今みたいに、何度もあるが。

谷さんが木下さんに殴られたことを知られているように、ぼくも春行の弟であることを知られている。自分からは言わなくても、そんなことは簡単に知られる。たまにはサインをくれと言ってくる局員もいる。極力断るようにしている。一度受けてしまうときりがないし、春行にも迷惑がかかるからだ。だからエラソーだと思われるのかな、と思うこともある。お前が断んじゃねえよ、という理屈だ。もう、それはしかたない。

細かな説明がある分、時間が押したので、午後はちょっとペースを上げた。

四葉五一の今井さん宅では、主の博利さんが、微糖の缶コーヒーをくれた。庭に出ていて顔を合わせたときは、いつもくれるのだ。冬場などは、保温庫に入れて温めておいてくれたりもする。本当にありがたい。

今日はもう一人、谷さんもいるのを見て、今井さんは二本くれた。

「いつもすいません。あとでいただきます」とぼくが言い、

「どうも」と谷さんが言う。

そこでは口を開いてくれてほっとした。

今井さんは谷さんのそっけなさに気を悪くした様子もなく、こんなことまで言ってくれる。

「新しい人だね。よろしくお願いします」

「どうも」

この今井さん、実はたまきが住むカーサみつばの大家さんだ。三月に福岡からこちらへ戻ってきた娘の容子さんが管理業務をしているから、今は大家さんというよりはオーナーさんという感じ。何であれ、親切な人だ。六年前に亡くした奥さんも、同様に親切

な人だったらしい。

その後、どうにかいつもの時間どおりに配達を終えて局に戻り、郵便物の転送と還付の処理をした。

「通区は今日だけでいいですか？」と訊くと、

「いいって言ったろ」と谷さんは答えた。

念のため、小松課長のところにも行き、確認した。

「谷さんの通区は今日だけでいいんですよね？」

「ああ。谷くん自身がいいって言うんで、それで予定を組んだよ」

そこへ電話がかかり、小松課長が受話器をとった。外線が転送されてきたらしい。

小松課長の口調が丁寧なものになる。そうさせる、この時間の電話。予想どおり、苦情だった。

もう住んでない息子さん宛の郵便物が配達されたという。みつば一区。担当は早坂くんだ。

苦情というほどの苦情ではない。電話をかけてきたお客さんも、怒ったりはしていない。どうしていいかわからないからとりあえず局に電話をかけてみた、ということのようだ。引きとりに来てほしいと言われたわけでもなく、小松課長のほうが、引きとりに伺いますと言った。

その旨(むね)を聞かされると、早坂くんは小松課長に謝った。

「すいませんでした。引きとりに行ってきます」

「頼む。超勤はつけるから。平本くんも行ってくれるか?」

「はい。行きます」

そう言うと、早坂くんはこう言った。

「いえ。一人で行ってきます。ぼくの責任なんで」

「そうか」と小松課長。「じゃあ、早坂くんに任せよう。きちんと謝ってきてな」

「はい」

謝ることは謝る。もちろんだ。でもこれは判断が難しい。このパターンの場合、便宜(べんぎ)上、配達してしまうこともある。そうしたほうが受取人の利益になることも多いからだ。

例えば中学や高校の同窓会開催の通知ハガキが実家のほうに来る。本人はもう住んでないからといって、それを差出人にあっさり返してしまうべきなのか。答は簡単。返してしまうべきだ。期間が過ぎていれば、転送する必要もない。還付する。それで問題ない。ぼくらが責められる理由もない。でも。いいのか?

一番いいやり方は、直接訪ねて居住者に確認する、というものだろう。早坂くんも、実際、そうしたらしい。ただ、そのときは親御さんが不在だった。だから、持ち戻る必要まではないと判断し、郵便受けに入れてきたのだ。そう責められることでもない。

だが、責める人もいた。谷さんだ。

小松課長が立ち去るのを待って、谷さんは言った。

「何だよ。やっちったのかよ」

「すいません」と早坂くんが素直に謝る。

「どうせ配達も遅ぇんだろ？　そのうえ誤配とかしてんなよ」

「誤配じゃありませんよ」と、これはぼく。「住んでない息子さん宛のを入れただけです」

「同じだっつうの。住んでねえやつのを入れたら、それは誤配だろ」

「でもまちがえて入れたわけじゃないですし」

「じゃ、わざと入れたのかよ。最悪だな」

「よかれと思っただけですよ」

「じゃ、よかれと思うなよ」

と、まあ、そんな調子。谷さんの言動にはインパクトがあった。残念ながら、よくないほうの意味で。まずは一発かましとく。そんな意図もあったのかもしれない。

だが一発ではすまなかった。谷さんはその一発を、毎日のように続けた。

矛先は、早坂くんやアルバイトさんたちに向かった。遅ぇ、や、つかえねえ、といった言葉が容赦なく彼らに突きつけられた。雨だからって遅れてんなよ、初めて降られたわけじゃねえだろ。そんなんでいちいち持ち戻ってくんなよ、つかえねえな。

つかえねえのは、後輩も先輩も同じだった。小松課長もみつば局長も同じだった。谷さんに言わせれば、つかえる人間は局舎に二、三人しかいなかった。いずれも、配達が速いと言われている人たちだ。

確かに、谷さんの配達は速かった。誤配することもなかった。たった一日の通区で、翌日からはもう普通に配達をこなしていた。四葉のくねくね道に惑わされることもなかったし、帰局が遅れることもなかった。それについては、すごいと認めざるを得ない。ただ、口は悪すぎた。言葉がとがりすぎていた。言う必要があるのか、ということまで言った。しかも人前でそれをやるのだ。特に早坂くんに対してはひどかった。

思ったとおりだよ。遅ぇな、お前。

やっぱ、大学を出たからって配達が速くなるわけじゃねえんだな。

そもそも、大学を出て、何で郵便だよ。ほかにいろいろあんだろ。

一ヵ月。そこが限界だった。早坂くんもよく耐えたと思う。

十一月に入ってすぐ。出がけに車庫でまた同じようなことを言われた早坂くんは、ついに言い返した。ついに。でも控えめに。

「ぼく、谷さんにそんなこと言ってないじゃないですか。大卒だからどうのなんて、一言も言ってませんよ」

「何だよ」と谷さんは早坂くんを睨(にら)んだ。「文句あんのかよ。配達は遅ぇくせに、いっちょ前に文句だけはつけんのかよ。大卒はそれもありなのかよ」

そしてエンジンを止め、バイクから降りる。

マズい。ぼくもあわてて降り、二人のあいだに入った。

いきなりだったので、言うことは決めてなかった。口が勝手に動く。

「谷さんより木下さんのほうが速いですよ」

「あ?」

「三月までここにいた木下さんです」

それだけで充分伝わるはずだ。事実、伝わったらしい。谷さんは黙った。早坂くんにしたとき以上の激しさをもって、ぼくを睨む。

ぼくは谷さんを睨まない。が、続ける。

「でも木下さんは、だから人よりも自分のほうが上だなんて、思ってなかったですよ。

あの人は、そこがすごかったですよ」

＊　＊

『ソーアン』というバーが四葉にはある。私鉄の四葉駅前。配達区内だ。吉野草安さんという人が経営している。昔のロックを、そう大きくはない音で流す。

たまきとたまに行く。そこで飲んだあとに、三十分以上をかけて、カーサみつばまで歩く。四葉駅からJRのみつば駅まではバスが出ているのだが、最終は午後十時台と早いため、酔い醒ましも兼ねて、夜風に当たりながらゆっくりと歩くのだ。

今夜もそうするつもりでいた。

が、狭いカウンター席で最後のハイネケンを飲んでいるときにたまきが言った。

「今日はアキんとこに行こうかな」

「ん？」

「アキのアパートに」

「ほんとに？」

「ほんとに」

ということで、歩くのはみつば駅までにして、そこから電車に乗った。

「もっと早く言ってくれればよかったのに」

「急に思いついたのよ」

春行がよくアパートに来ることは、初めから話していた。春行が百波と付き合っていることも、すでに話していた。岩崎幸司さんがカーサみつばを訪れたあの日。岩崎さんを見送って部屋に戻ったあとに、話したのだ。

最近は百波が一人で泊まりに来ることも、やはり話した。お姫さま抱っこをして百波をフトンに運んだことも。嫉妬はされなかった。ちっともされなかった。ちょっとはすればいいのに、とぼく自身が思った。

ただ、百波って実物もかわいいの？ と訊いてはきた。ほら、芸能人て、写真とか、バリバリ修整するらしいじゃない。

実物もかわいいよ、と答えておいた。修整の必要は、たぶん、ないと思うな。

なくても修整するのが芸能界でしょ。マイナスをゼロにするだけじゃなく、ゼロもプラスにしちゃうっていうのが。

そうなの？

知らないけど。わたしのイメージではそう。

電車を降り、徒歩でアパートへ向かった。

途中で、たまきが言う。

「百波、軽かった?」

「何?」

「体。体重。運んだんでしょ? お姫さま抱っこで」

「あぁ。えーと、どうだろう。よく覚えてないけど。重い! とは思わなかったかな」

「節制してるんだろうからね」

「うん。フィットネスクラブに通ってるって言ってた」

「大変だね。ああいう人たちも」

「だろうね」

「だろうねって、アキはわかるでしょ。身内にすごいのがいるんだから」

「春行?」

「そう」

「春行は、そこまで大変そうには見えないんだよね。身内だからかもしれないけど」

というよりは、春行がいつやめてもいいと思ってることを知っているからだろう。前に一度、ぽろりと洩らしたことがあるのだ。稼げるだけ稼いで、落ち目になったと思われないところでやめるつもりだと。

アパートに着き、なかに入ると、たまきは言った。

「広い！」

「いや、広くはないでしょ。普通だよ」

「部屋が二つあるだけで、充分広いよ」

ぼくのアパートは二部屋ですから、もしあれなら、あれですが。との提案をいずれたまきにしてみようか。との夢想を、付き合いだしたころの自分が楽しんでいたことを思いだす。

もしあれなら、あれですが。二部屋あるから、何なら一緒に住みませんか？　ということだ。付き合いだしたころはよく夢想していたのに、最近は忘れていた。こうして付き合っていることが当たり前の現実に、つまり日常になったからだ。

でも提案としてはおかしくないよな、とあらためて思う。二人で住めば割安だ。たまきだってたすかるにちがいない。ぼくは昼間いないわけだから、たまきの仕事の邪魔をすることもない。

「二人で二部屋あるのって、どう？」とたまきに訊かれる。

「どうって？」

「広すぎない？」

「広すぎは、しないかな」

「掃除とかめんどくさそう。電気代もムダにかかりそうだし」

「でも、ほら、ぼくの場合は、来客があるから」

「そうか。春行と百波が、ここに来るんだもんね。来たら、そっちの部屋で寝るの？」

「うん。和室のほうで」

「二人の写真とか撮ったら、高く売れそう」

「売れそう、だね」

「エッチな写真て意味じゃないよ」

「わかってるよ」

「エッチな写真じゃなくても、撮っちゃダメだよ。売っちゃダメだよ」

「撮らないし、売らないよ。弟だよ」

お湯を沸かしてインスタントコーヒーを入れ、二人で飲んだ。

夜道を歩いたことで適度に冷えた体が、今度は適度に温まる。酔いが少し落ちついて、いい気分だった。もしあれなら、あれですが。と、冗談めかして言ってしまえそうな感じだ。もちろん、実際に言いはしない。冗談めかしたとしても、言った途端に冗談ではなくなる類の話でもあるから。残念なことに、ぼくらは、まだそれを口にできるところへは至ってない。

その代わり、こんなことを言う。

「ぼくら、付き合ってるよね？」

「何よ、いきなり」

「いや、一応、確認」

「何のための確認よ」

「えーと、春行と百波のための」

「は？」

「じゃあ、それは飛ばして。ぼくらがこうなってることを、春行と百波に話していい？」

「何でそんなこと訊くの？」

「話したら、まちがいなく、会わせろって言うと思うんだよね」

「春行が？」

「春行も、百波も」

「わたしに会いたがるの？」

「会いたがるというか、見たがるというか」

「仲いいんだね、春行と。というか、お兄ちゃんと」

「まあ、いいのかな。名字は代わっちゃったけどね」

「関係ないでしょ、そんなの」

「うん。関係ない」

「今度はこっちが確認ね。そんなお兄ちゃんに、わたしなんかを会わせちゃっていいわけ？　スターのお兄ちゃんと、スターのカノジョに」

「もちろん。むしろ紹介したいよ」

「何か気後れするなぁ」

「それこそ関係ないでしょ。どっちも普通の人だし。というか、スターはスターだけど、普通にポテトチップスとか食べるし、お酒飲んで寝ちゃうし」

「まあ、アキがいいなら、話していいよ。わたしも、『オトメ座のオトコ』を見て、春行のこと、ちょっと好きになったし。結局さ、全部見ちゃったよ。これまではテレビドラマなんて見なかったのに。アキのお兄ちゃんだと思ったら、何か不思議な感じがした。ドラマ自体、おもしろかったよね。あれ、視聴率よかったんでしょ？」

「飛び抜けてよかったってほどではないけど、上々ではあるみたい」

「中道結月と噂になってるらしいじゃん。春行」

「え、そうなの?」

「週刊誌の新聞広告に出てたよ。クエスチョンマーク付きで、『春行、中道結月と熱愛か?』って。わたしは、百波とのことをアキに聞いてたから本気にはしなかったけど。でも、うその記事ってほんとに出るんだなぁ、とは思った」

うその記事、ならいい。根も葉もないものであればいい。

「で、初めに戻って。これはきちんと言っとくね」

「ん?」

「わたしとアキはね、付き合ってますよ。今さら付き合ってないとか言われたら、わたしのほうがあせる」

そう言って、たまきは笑う。百波のそれのような、人からお金をとれる笑みではない。でも、ぼくの目や耳から心にするりと滑りこんでくる。そんな笑みだ。去年の二月、カーサみつばの二階から飛ばされたたまきの下着を拾ったのがぼくでよかった。ほかの誰かでなくてよかった。

「確認終了」とたまきは続ける。「歯をみがいて、シャワー浴びて、寝よ」

その、寝よ、に二つの意味があるのかどうかはわからない。わからないまま、コーヒーのカップを洗って、歯をみがき、順番にシャワーを浴びた。

せっかくなので、春行が引っ越し祝に贈ってくれた高級ブトンを和室に敷く。いつもは春行や百波がつかう高級ブトン。羽毛の掛ブトンと、羊毛の敷ブトン。

「何これ。フカフカ。気持ちいい」とたまきは言った。

確かに寝心地はよかった。よすぎるくらいよかった。

寝た。

二つの意味があったかどうかは秘密。

*　　*

「平本くん、誤配だ」と小松課長が言う。「苦情の電話があった。超勤はつけるから、引きとりにいってほしい」

「場所は、どこですか?」

「四葉二八七の、えーと」

「高橋さん」

「そう」

「もしかして、二七八の高橋さんのが入ってました?」
「そう」
あぁ。参った。四葉二八七と二七八の両高橋さん。過去に何度も苦情が来ている。絶対にまちがえてはいけないお宅だ。

今日はどちらにも郵便物があった。確認はしたつもりだ。慎重に入れたつもりだ。でも苦情がきたということは、慎重さが足りなかったのだろう。確認確認、との意識ばかりが先行し、実際の確認作業がおろそかになったにちがいない。日に五時間も六時間も配達をしていると、そんな魔の刻(とき)がある。

「すいません」とまずは小松課長に謝った。どう返されるかを承知のうえで続ける。
「誤配なら、超勤はつけてくれなくていいです」
「だからそうもいかないよ。わかってるでしょ。ミスのカバーだとしても、タダ働きをさせるわけにはいかない。そんなことをさせたら、こっちが突き上げを食っちゃう」

予想どおりの反応だ。もう慣れっこになっている。むしろその言葉を聞かないと落ちつかない。

ただし、へこむことはへこむ。今年はここまで誤配はゼロできたのに。自分で気づかないものは別として、判明件数はゼロできてたのに。やはり人間は完璧ではない。少なくとも、平本秋宏は完璧ではない。木下さんのようにはいかない。

四葉二八七の高橋さん宅までは、みつば局からバイクで十分だ。陸橋を渡り、左にくねくね、右にくねくね走って、到着する。

バイクを駐め、ヘルメットをとった。すうっと息を吸い、ふっと吐く。

インタホンは設置されていないので、玄関の木のドアのわきにある昔ながらのチャイムを鳴らす。

ピンポーン。

すぐにカタンとカギが解かれ、ドアが開く。出てきたのは、高橋さんご夫婦のどちらかではない。四十前ぐらいの、娘さんだ。おそらくは、成恵（なるえ）さん。

「こんにちは。郵便物を引きとりに伺いました。今日は誤配をしてしまったとのことで。大変申し訳ありません」

一息にそこまで言い、深く頭を下げる。言いながらではなく、言ってから下げる。言葉とおじぎは分ける。

高橋さん、今は結婚されて名字がちがうかもしれないから成恵さん、は、ぼくが頭を上げるのを待って、郵便物を差しだした。

受けとって、見る。

確かに、四葉二七八の高橋耕作様宛の封書だ。それを目にした記憶はないが、だからといって、目にしなかったとも言いきれない。目にしなかったという記憶は残らないから。

何年か前、ぼくがまだみつば局に異動してくる前に、苦情を言ってきたのがこの成恵さんらしい。両高橋家には、昔から誤配が多かったという。そしてついに堪忍袋の緒が切れて、局に電話をしてきた。そのときは、かなり激しく怒ったようだ。それこそあの板倉勝人さんに迫るくらいの勢いで。

ご両親の高橋さんご夫婦はとても穏やかな人たちで、ぼくが知る限り、電話をかけてきたことはない。せいぜい、配達で顔を合わせたときにやんわり言ってくるぐらいだ。だから、こうなるだろうと思ってはいた。局を出るときから、覚悟はすでに決めていた。が、成恵さんの口調は、そう激しくもなかった。むしろ穏やかとさえ言えた。

「あのね、昔からずっとですよ。何年か前に、わたしが電話でお願いしたこともあります。ウチの両親はもめごとがきらいだから、電話なんてかけないですけどね。でもわたしが子どものころから、月に一度は誤配がありましたよ。よくあちらの高橋さんの郵便受けにハガキなんかを入れに行きましたもん。ちょっと距離はありますけど、そんなことがきっかけで、ご近所付き合いをするようになったくらいだし。まあ、それはそれでいいですよ。いいことですよ。だけど、やっぱりおかしいですよね？」

「はい。おっしゃるとおりです」

「配達するかたが何人もいらっしゃるのはわかりますよ。毎回同じかたがまちがうわけでもないだろうし、一応、注意もしてくれてるんでしょう。でも、一企業の仕事としては、落第点ですよね？」

「それも、おっしゃるとおりです」

「わたしが電話したあとは、しばらくだいじょうぶだったらしいんですよ。でも一年ぐらいしたら、また増えてきたみたいで」

「申し訳ないです」

「その電話をしたときもすでにそうでしたけど。わたし、今はここに住んでません。で、来てみたら、こうなんですよ。今日はだいじょうぶだったんで、言わないでおこうかとも思ったんですけど」

「昨日でしたか。誤配」

「ええ。わたしがたまたま帰ってきて、今日はセーフだけど、昨日はアウト。五割ですよね？」

「はい」

「そちらも、仕事でやってらっしゃるわけですよね？」

「はい。すいませんでした。これから気をつけます。徹底します」

「徹底、してくださいよ。できるのなら」

激しく怒られるよりも、ずっとキツかった。要するに、あきれられていたのだ。言っても無理なんでしょうね、と。このくり返しなんでしょうね、と。

誤配は今日ではなく、昨日だったことも判明した。昨日。谷さんだ。

通区の際、谷さんには伝えていた。過去に何度も誤配をしてるようなので、この両高橋さんだけは気をつけてください。番地も似てるので、とにかく気をつけてください。お願いします。

しねえよ、と谷さんは言った。過去の誤配とか、知らねえし。

谷さんは確かに速いし、まちがいもない。新たな区を担当して一ヵ月誤配をしなかったのだから、速いだけでなく、まちがいもないと言っていいのだと思う。今回のこれは、完全なミスだろう。完全な、凡ミスだ。

封書を引きとり、粗品のタオルを渡す。

最後にもう一度、ぼくは言った。

「本当に申し訳ありませんでした。周知を徹底して、気をつけます。これからも郵便をよろしくお願いします」

　そして深く頭を下げた。

「本当にね、気をつけてくださいよ。両親も歳をとってきたから、雨の日に傘を差してまであちらの高橋さんのところにハガキ一枚を持っていかせたくないんですよ。もう寒くもなりますし」

　蛇足（だそく）とは思いつつ、言う。

「あの、万が一ですが。もちろん、ないようにはしますが。あちらの高橋さんのお宅には、持っていっていただかなくて結構ですから。どうか遠慮なさらず、お電話ください。こちらから引きとりに伺いますので」

「電話代だって、タダじゃないですよ」

「はい。確かに」

「なんてことを、わたしが言いたくて言ってると思わないでください。理屈としてはそうだというだけなので」

「そうですね。そのとおりです」

「そもそもね、今言ったようなこと自体、本当は言いたくないんですよ。うるさい家だなって、思われちゃうんだろうし」

「いえ、そんなことは」

「わたしはキツい人間だと思われても結構。ただ、両親もそうだとは思わないでください」

「それは、思ってないです」と、初めて自信を持って言えた。「高橋さんにはご迷惑をかけて申し訳ないと、ぼくが思ってるのはそれだけです。胸を張って言うことでは、ありませんが」

「わたしもね、お客さん相手の仕事をしてるから、こういうことは、ついはっきり言っちゃうんですよ。仕事は仕事。そこはゆずれない。勘弁してね」

「勘弁なんて、そんな」

「お互いにがんばりましょうよ」

「はい。ありがとうございます」

「ところで、あなた」

「はい」

「春行に似てない？」

「えーと、よく言われます」

ヘルメットをかぶっていないから、気づかれてもしかたない。

「ドアを開けて、驚いた。クレーマーを懐柔するために、郵便局が春行を送りこんできたのかと思ったわよ」

「あぁ」

「って、冗談」

「冗談」

「クレーマーだって、冗談くらい言うわよ」

「クレーマーだなんて、そんなふうには思ってません」

そう言いつつ、笑った。冗談を言ってくれたのだから、笑ってもいいだろうと思って。どうせなら笑みを残していきたいとも思って。

「うれしいです。冗談も、ありがとうございます。では失礼します」

高橋さん宅をあとにすると、すぐにもう一方、四葉二七八の高橋さん宅へ向かった。距離にして、およそ百メートル。バイクなら、およそ十秒。雨の日に傘を差して歩くのは、確かに面倒だ。でも成恵さんによれば、高橋さんご夫婦はそうしてくれていたのだ。ただの受取人でいてくれればそれでいいのに。たぶん、ご高齢のかたがたらしく、郵便物はその日のうちに配達されるべきだと考えてくれて。

もう午後五時を過ぎていたので、四葉二七八の高橋さん宅でもチャイムを鳴らし、封書を手渡しした。郵便受けに入れてしまうと、手もとに届くのは明日ということになりかねないからだ。

　ドアを開けてくれたのは、高橋耕作さんご本人。板倉勝人さんのときのように開封されてはいないため、誤配とは言わず、こんな時間になってしまいましたので、とだけ説明した。おぅ、ありがとね、と耕作さんに言われ、いえいえ、遅くなってすいません、と返す。

　そして四葉の両高橋さんゾーンをあとにした。

　もう十一月。この時刻になると一気に冷えてくるが、今日は高台の風が心地いい。さむさむ、と言いながらも心地いい。

　ほっと安堵(あんど)のため息をつく。よくないが、よかった。ぼくのミスでは、なかった。

　正直に言うと。ちょっとだけ、胸のすく思いがした。してしまった。誤配をしたのが谷さんだったからだ。

　だが胸がすいたのも初めだけだった。陸橋を渡るころにはもう、そんな思いはきれいに消え去っていた。ぼくは迷っていた。小松課長にどう報告しようかと。

　もちろん、事実をそのまま言うべきだろう。誤配があったのは昨日でした。したがって、ぼくの誤配ではなく、谷さんの誤配でした。と。

選択肢は二つ。
一、ありのままを小松課長に言う。
二、谷さんの誤配であったことは明かさず、事後処理はすみましたとだけ小松課長に言う。
後者を選んだ。ぼくが慈愛に満ちた人間だからではない。ムダなトラブルは回避したい人間だからだ。

とはいえ、谷さん自身には言っておくことにした。責めるためにではない。今後気をつけてもらうためにだ。高橋さん宅の誤配。もう次はない。あってはいけない。一言言っておけば、谷さんも同じミスはしないだろう。そこは、言っておかなければならない。

局に戻り、まずは小松課長に報告をすませた。

そして休憩所に行ってみた。もう帰ったろうと思ったが、谷さんはそこにいた。たまにそうやって缶コーヒーを飲んでいくことがあるのだ。一人で。稀に、以前よその局で一緒だったという隣の班の小宮(こみや)さんと一緒にいることもあるが、今は一人。ちょうどいい。

寄っていき、声をかけた。

「谷さん、おつかれです」

「ああ」

早坂くんとぼくがいつも飲む缶コーヒーと銘柄が同じだな、と思う。イスに座っている谷さんのわきに立ったまま、事情を簡潔に説明した。だから明日からも両高橋さんだけはご注意願います、と締めくくる。

「お前が引きとりに行ったのかよ」

「はい。電話の段階では、今日の誤配だと思ってたんで」

「課長は何て?」

「特に何も。ぼくも、昨日の誤配だとは言ってませんし」

「あ? 何だよ、それ」と言われた。「恩を売ってんのか?」

「いえ、そんな」

「別にいいよ。課長に言えよ」

恩を売る。そんなつもりは本当になかったので、驚いた。

谷さん。

何故そうなってしまうのだろう。

ぼくはどうすればよかったのだろう。

*　　*

セトッチとは、一年に一度ぐらい会う。最近会ったのは、去年の秋。春行のサインを渡したのだ。セトッチのカノジョが春行ファンだというので。

そのときに、軽く飲んだ。カノジョの画像を見せてもらった。かわいかった。かわいく見えるのだけ残してるんだよ、とセトッチは笑った。巧みにのろけたわけだ。

セトッチ。瀬戸達久。唯一付き合いがある、小学校時代の友だちだ。ぼくは小四に上がるときに一度転校しているが、その転校前の学校での同級生。クラスで一番人気の男子。たぶん、クラスの女子の半分はセトッチが好きだった。

金曜日。そのセトッチが電話をかけてきた。メールではない。電話。午後二時すぎに着信があった。休憩時間になるのを待って、みつば第三公園から折り返しをかけた。鉄棒での逆上がりと前まわり、その三セットをすませてからだ。

「もしもし、セトッチ?」

「おう、秋宏」

「今、だいじょうぶ?」

「だいじょうぶ」

「電話くれた?」

「ああ。かけさせちゃって、悪い」

「いや、いいよ。何?」

「秋宏さ、急で悪いけど、今日飲み行かない?」

「今日かぁ」言いつつ、考える。「今日は、無理かなぁ。このあとに出てはいけないよ。金曜だけど、明日も仕事だし」

「いや、おれが蜜葉市に来てるんだよ。仕事で。だから帰りに飲めると思って。そう長い時間じゃなく。どうかな?」

「うーん」

行きたい。でも無理だ。今夜は百波が来ることになってる。前回同様、春行はなしの一人で。さすがに、百波をほうっておいてセトッチと飲みに行くわけにはいかない。今回は珍しく、〈金曜行く〉と二日前にメールで伝えてくれてもいたし。

「ごめん。やっぱり難しいかも」

「そうか。まあ、いきなりだしな」

「今日でなきゃよかったんだけど」

そして少し間ができた。三秒ほどと短いが、電話だと気になる間だ。

先を続けようとしたときに、セトッチが言う。

「おれさ、カノジョと別れたんだよ」

「え？」

「一月ぐらい前」

「えーと、あのカノジョだよね？　春行のサインの」

「そう。そのカノジョ。悪いな、せっかくサインもらったのに」

「それはいいよ。そこで謝るのも変でしょ」

「まあな」

「何で別れちゃったの？」

「うーん。いろいろあってさ。いや、むしろなかったと言うべきなのかな。あるべきものが」

「よくわかんないけど」

と言う前に。電話で話すようなことじゃない。電話で話させることじゃない。

「別れてすっきりするだろうと思ってたんだけどさ、案外、尾を引くのな。もとに戻りたいわけじゃないのに、何か引きずる。意外だったよ、自分でも。で、ほら、仕事で蜜葉に行くことになったから、秋宏と飲めないかなって。もっと早く言えばよかったな。

おれも、思いつきだったんだよ」

そしてもう一度間ができた。今度はセトッチではなく、ぼくがつくった間だ。

セトッチより先に言う。

「飲みには行けないけど。飲みに来る？」

「ん？」

「ウチに」

「いや、だって何かあるんだろ？」

「あるんだけど」

あるんだけど、いいだろう。例えばたまきの存在を明かしたら、百波はまちがいなく、会いたい会いたい、になるんだから、セトッチでもいいだろう。カノジョなら会いたいけど友だちなら会いたくない、にはならないだろう。

セトッチは信用できる。小四で転校したとき、手紙出すよ、と何人もの友だちが言ってくれた。そのなかでただ一人、本当に手紙をくれたのがこのセトッチだ。当時はまだケータイを持ってなかったので、気軽にメールもできなかった。だから、すごくうれしかった。一年に一度は会おう、と書いてあった。十五年以上が過ぎた今も、一年に一度は会っている。

「あのさ、セトッチ」

「うん」

「ウチで何があっても驚かない、ウチで見たことは誰にも話さないって、約束できる?」

「何だよ。こわいな。まさか」

「まさか?」

「隠し子がいたりしないよな?」

「隠し子はいないよ」

「じゃあ、宇宙人がいたりもしないよな?」

「宇宙人もいないよ。ただ、もしかしたらそれ以上のものがいるかも」

今はそこまでにとどめた。もったいをつけたわけではない。百波がドタキャンすることもないとは限らないからだ。セトッチには言ってもいい。でも言う必要がないなら、言わなくてもいい。

「アパートは、わかるよね?」

「わかる。コンビニの先だよな? 公園のとこ曲がってすぐ」

「そう」

セトッチは一度来たことがあるのだ。ぼくがみつば局に異動になった直後、引っ越しの手伝いも兼ねて。

「何時に来れる？」

「七時ぐらいかな」

「わかった。待ってるよ」

「じゃあ、そのときに」

「うん」

電話を切る。何故かもう三セット、逆上がりと前まわりをやる。

また時間外に誤配郵便物を引きとりに行くなどということにならないよう、そのあとの配達はいつも以上に慎重にすませた。

そしてほぼ定時に局を出て、アパートに向かう。

電車のなかで、ついに均衡（きんこう）が破れるのか、ぼくが破ってしまうのか、と思った。春行と百波が付き合っていることは、これまで、春行の側ではぼくだけ、百波の側ではミカさんという友だちだけしか知らなかった。それぞれ一人ずつだ。その均衡が、破れる。

まあ、セトッチなら、春行も百波も文句は言わないだろう。

ぼくのアパートに来てみたらそこに人気タレントの百波がいるんだからセトッチは驚

くだろうなぁ、と思いつつ玄関のドアを開けたら、ぼく自身が驚いた。

百波が一人ではなかったのだ。といって、春行がいたわけでもない。もう一人、女性がいた。百波と同い歳ぐらいの。

「え？」とつい声を洩らす。「何？」

「ミカ」と百波が言う。「連れてきちゃった。一度来たいって言うから」

「ミカさんて、あのミカさん？」

「そう。あのミカさん」

「お邪魔してます。あのミカです」とそのミカさんが言う。「ほんとだ。春行にそっくり。写真でも似てると思ったけど、実物はもっと似てる」

百波が説明した。ミカさんは、川原未佳さんだった。小学校と中学校で同級生。その九年のうち六年間、クラスが同じだったという。この未佳さんを連れてくるつもりでいたから、百波も今回は事前にメールで連絡してきたのだ。万全を期して。

「未佳ね、実は春行のファンなの。だから同じ顔の秋宏くんに会わせてあげようと思って。二人、付き合っちゃいなよ」

「ちょっと、フク。何言ってんのよ」

フク。百波のことだ。本名は林福江だから、フク。そういうことだろう。さすが同級生。林福江が百波になっても、フクまでもが百波にはならない。

「いいじゃん。ほんとに付き合っちゃいなよ。そうすれば、ほら、わたしも秋宏くんをあきらめられるから」

冗談にしても、言うことが際どい。で、マズい。もっと早く、たまきと付き合っていることを話しておくべきだった。とはいえ、今がそのタイミングでもない。うそくさくなる。とってつけたみたいになる。どうせなら一度ですませたい。春行もいるときに。

「あのさ」とぼくは言う。「今日は、もう一人来るんだけど」

そしてセトッチのことを説明した。訊かれてもいないのに、クラスで一番モテてたよ、なんてことまで説明した。

「すご〜い。合コンだ、合コン」と百波が無邪気に言う。

「フク、悪ぅ。それって浮気じゃん」

「浮気じゃないよ。弟公認なんだから」

「いや、公認はしてないよ」とぼく。

「秋宏くんがメンバーを連れてくるんだから公認でしょ」

「メンバーって」

それから三十分ほどで、セトッチはやってきた。

ウィンウォーン、とインタホンのチャイムが鳴り、百波が迎えに出る。ぼくが出ようとしたら、自ら志願したのだ。わたしが出る、と。

百波が玄関のドアを開ける。

「えっ?」とセトッチが声を上げる。「わわわわわ、何何何。何これ」

そこへ、ぼくも出ていく。

「セトッチ、久しぶり。紹介するよ。百波ちゃん」

「知ってるかなぁ、わたしのこと」と百波がふざけて言う。

「知ってますよ」とセトッチが真顔で返す。「だって百波だし。じゃなくて、百波さんだし」

セトッチの驚愕(きょうがく)ぶりは予想どおりだ。誰だって、そうなるだろう。ぼくも初めはそうなった。

「サプライズにもほどがあるよ」とセトッチがぼくに言う。「百波って何だよ。じゃなくて、百波さんて何だよ。何かあることは知ってたから覚悟はしてたけど、超えてきたよ。確かに、宇宙人以上だよ」

ミニテーブルにはすでに、百波と未佳さんがコンビニで買ってきたポテトチップスやら焼きビーフンやらバンバンジーやらが並んでいる。ぼくが前もって買っておいたビールやらサワーやらの缶も並んでいる。

四人で乾杯し、飲み食いした。もちろん、話もした。

順序として、まずはぼくがセトッチに、百波が春行と付き合っていることを話した。セトッチはそれにも驚愕した。『スキあらばキス』そのままだったんだ、と素直な感想を洩らす。次いで、二人が付き合ってることは誰にも言わないと誓います、と言わされた。百波に。

さらに百波はセトッチに、ぼくが子どものころのことをあれこれ尋ねた。普通に地味だったよな。それがセトッチの平本秋宏評だった。普通に地味な小三。否定はしない。微妙だが絶妙な表現とも言えた。春行でさえ、そのころはまだタレントではないどころか、カッコいいなどと言われてもいなかった。その威光がないのだから、ぼくも同じだった。カッコいいと言われていたのは、むしろセトッチだ。

百波がいまだにハマっている梅のり塩味のポテトチップスでビールを飲みながら、ぼくは百波と未佳さんにそのあたりを伝えた。カッコいいうえに勉強もスポーツもできたから、セトッチこそがタレントになるんじゃないかと思ってたよ、と。

春行が落ちた大学に進んだセトッチは今、大手の不動産会社で働いている。蜜葉に来たのは、四葉にある広い空き地を視察するためだという。不動産屋さんなの？　と百波に訊かれ、町の不動産屋さんとはちょっとちがうかな、とセトッチは答えた。エリート不動産屋さんだよ、と、同じく大卒の未佳さんが補足する。

セトッチ、カノジョいんの？　とも訊かれ、セトッチは、カノジョと別れたばかりであることを明かした。

セトッチが別れた原因。それは、何と、春行だった。カノジョが何かにつけて春行のことを口にするので、そこからすき間風が吹きはじめたのだという。

「別にファンなのはいいんだ。それを言ったら、おれも中道結月のファンだし。男のタレントが好きだからって、嫉妬したりはしないよ。ただ、ほら、おれが秋宏の友だちで、そのことを話してからは、舞い上がるっていうか、何かエスカレートしちゃってさ」

「言わなきゃよかったのに」と百波。

「いや、隠すのもヤラしいから。正直、サインとかもらってやれば喜ぶだろうなっていうのもあったし。でも、喜びすぎた。まさかそこまで入れこんでるとは思わなかったんだよね」

「セトッチのカノジョなんだからさ」とぼく。「言ってくれれば、会わせたのに」

「秋宏ならそうしてくれるだろうとは思ったよ。でも、おれがいやだった」

「わかる」と未佳さん。「わたしも友だちに、百波紹介して、とか言われると、あぁって思うもん。もちろん、紹介してもいい人とか紹介したくなる人とかもいるけど、紹介しなくていい人も、いるもんね」

「うん」とセトッチ。「カノジョなんて身内みたいなもんだから、その紹介してもいい人の部類ではあるんだけどさ、でもカノジョは、何ていうか、カノジョなんだよなぁ」

タレントであれ誰であれ、ほかの男性よりは自分を優先してほしい、というような意味だろう。

「でさ、ことあるごとに春行春行言われてるうちに、何かいやになっちゃって」

「カノジョもバカだねぇ」と百波。「セトッチ、春行にちっとも負けてないのに。充分カッコいいじゃん」

「カッコいい、か。昔からよく言われたよ、学校とかで。だから、ちょっと調子に乗ったこともあった。でも春行に出てこられたらひとたまりもない。いろんな意味で器が小さいと思うよ、自分で」

「そこがタレントパワーなんだね」とこれも百波。「ウチら、タレントじゃない人と何も変わらないんだけど。名前が出てタレントってことになると、それだけで特別に見られる。でも話してみてわかるでしょ？　ほんと、何も変わんないよ。ポテチ食べて、サワー飲んで。フォアグラ食べたり高いワイン飲んだりするのは、グルメ番組でだけだよ」

「そうかもしれないけど。会ってわかったよ」とセトッチは言う。「ポテチを食べててもサワーを飲んでても、やっぱり輝きはちがう。ほんと、全然ちがうよ」

セトッチとぼくはビールを飲み、未佳さんと百波はピーチサワーを飲む。それぞれにポテトチップスも食べる。サクサク、サクサク。

「ねぇ」と百波がセトッチに言う。

「ん？」

「セトッチ、最高」そしてこう続ける。「で、一つ質問ね。中道結月のどこが好きなの？」

＊　＊

十一月のみつば局には、職場体験学習がある。局側の行事ではなく、学校側の行事。中学生に職業の現場を体験させようというものだ。たいていは二年生のときに実施される。

公共機関に民間企業。職場と呼べるものはいろいろある。なかでも郵便局は、妥当な体験学習の場として思い浮かぶ一番手と言っても過言ではないだろう。何をしているかわかりやすい。なじみがある。たぶん、安心感もある。

ぼく自身、中二のときに行った先は郵便局だった。特に希望したわけではなかったものの、局がかなりの人数を受け入れてくれていたので、そうなった。当時はそこまで考えなかったが、今はこうして郵便局員になっている。少しは影響したということかもしれない。その歳のころに経験することは、何であれ、やはり大きいのだ。

みつば局では、四葉中学とみつば北中学とみつば南中学、その三校を受け入れている。四葉中とみつば北中が五月、みつば南中が十一月だ。お中元やお歳暮、そして年賀などの繁忙期は難しいとのことで、そうしているらしい。

今回は火、水、木の三日間。男子三名、女子三名。男子は配達に出て、女子は局舎で区分をする。高校生の年賀バイトと同じパターンだ。

で、女子のなかに、何と、見知った顔がいた。

とはいえ、初めは気づかなかった。髪が短くなっていたからだ。

午前中、配達に出る準備を整え、防寒着を着ようとしていたとき。

「あ、ほんとにいた!」と、その女子が言った。

休憩時間なのをいいことに、もう一人の女子と連れだって、郵便課から集配課の偵察に来たらしい。

ただ単に、春行に似てる人がほんとにいた、と言われたのだと思った。

ちがった。

よく見れば、それはみぞれちゃんだった。みつば二区、ベイサイドコートB棟の一一〇三号室に住む、柴崎みぞれちゃんだ。

「あっ」とぼくも言う。「みぞれちゃん」

「やった！　覚えてる」

「わぁ、ほんと、似てる。写真どおり」と、もう一人が続く。

「そうか。南中なんだね」

「うん。しかも二年」

驚きのままに、つい言ってしまう。

「学校、行ってるんだね」

「行ってるよ。とっくだよ、とっく。休んだのは、結局二十日くらいだもん。ほら、あのとき、友だちが何度も家に来てくれたって言ったでしょ？　それがこのリオ」

「あぁ。リオちゃん」

「こんにちは」とそのリオちゃん。

みぞれちゃんよりは、ややふっくらしている。とても健康的に見える。ノロウイルスにも、クラスの敵にも、負けなそうに見える。

「今回はわたしがリオを誘ったの。体験学習、郵便局にしようよって。ニセ春行の平本さんに会えるよって」

「そっか」

「局が大きいから会えないかと思った。会えた」

「うん」

こちらからくわしくは訊かない。訊く時間もない。それだけわかれば充分だ。

「ほかにも希望者はいたんだけど、ゆずらなかったの。といっても、結局はじゃんけんになって。気合で勝った」

「気合で勝てたんだ？」

「うん。気合のパー。わたしのじゃんけん理論。考えたの。一回めにチョキを出す人は少ないんじゃないかって。ほら、チョキって、グーとパーにくらべたら、形が複雑でしょ？　それを一回めに出す人は少ないだろう。そういう理論。見事に当たった。最初の一回で、きれいに勝利。郵便屋さんも、今度試してみるといいよ」

「わかった。もうあんまりじゃんけんをする機会もないけど、あったら試してみるよ。

最初はパー。気合のパー。出してみる」

「ねぇねぇ、わたし、髪、短すぎない？」

「短すぎないよ。だいじょうぶ。似合ってる」

「ほんと？」

「ほんと」

「カットモデルやったら、どんどん短くなっちゃった」

「やったんだ？　それ」

「やった。まだ二回だけど。髪が伸びる以上のペースで切られちゃった。ベリーショートを試したい、とか言われて。こないだはリオも一緒に行ったの。ね？」

「うん。タダだから、うれしかった」

「浮いたお金で、高いパンケーキ食べちゃった。親たちにはナイショで。メープルシロップがたっぷりかかってるやつと、白いマカダミアナッツソースがたっぷりかかってるやつ。二人で半分ずつ食べた。すごくおいしかった。ね？」

「うん。超おいしかった。また食べたい」

「あ、もう戻んなきゃ。怒られちゃう。じゃあね、郵便屋さん。お仕事がんばってね」

「みぞれちゃんもね。リオちゃんもね」

「了解」とみぞれちゃんが言い、

「はい」とリオちゃんが言う。

行こ行こ、と二人は郵便課に戻っていく。

すぐに背後から声がかかった。

「お前、中学生に手を出したりすんなよ」

わざわざ振り向かなくても、誰が言ったのかわかった。声でわかったのではない。内容でわかったのだ。そんなことを言うのは、谷さんしかいない。そんなふうに、いちいち棘(とげ)があることを言うのは。

ゆっくり振り向くと、ぼくは努めて冷静に言った。

「出しませんよ」

その後、宮島大地(みやじまだいち)くんという男子を連れて、みつば二区の配達に出た。

ぼくはバイク。宮島くんは局の自転車だ。動きやすいように、南中のマークが付いたジャージの上下を着ている。

初めはあとについて配達を見てもらい、途中からは、少し手伝ってもらった。その意味でも、マンション区のみつば二区は都合がよかった。集合ポストが多いので、配達中の転倒といった危険が少ないのだ。賃金を出すアルバイトさんではない。あくまでも職場体験。しかも中学生。あぶないことはさせられない。

　自分をも含めた、人の安全を第一に考えてもらう。邪魔にならないところに自転車を駐めてもらう。宛名を確認し、郵便物を郵便受けに入れてもらう。はみ出さないよう、最後まできちんと押しこんでもらう。

　書留があるお宅にも、ついてきてもらった。さすがにそれをいやがる住人はほとんどいない。職場体験学習で、南中の生徒さんに手伝ってもらってます。そう説明すると、皆さん、親切に迎えてくれる。あめとジュースをくれた人もいる。ありがたい。

　宮島くんは、ベイサイドコートの敷地から出るところで自転車を停めた。何だろうと思っていたら、あの杖をついた三十代半ばぐらいの男性が歩いてきた。ちょっと早すぎの感もあったが、あとに続くぼくのことまで考えてくれたのだろう。ありがとう、と男性は言い、宮島くんはぺこりと頭を下げた。初めて男性の声を聞いた。宮島くんのおかげだ。

　職場っぽくはないものの、こういう体験もいいだろう、と思い、お昼はみつば第三公園で食べた。

　生徒はお弁当を持参することになっていたが、宮島くんは初めからコンビニで買うと言っていた。これはナイショね、とぼくがおごった。お金は持ってきてますから、と宮島くんはきちんと遠慮したが、ほら、ぼくもちょっとカッコつけたいから、と言い、おごられてもらった。

宮島くんはスパゲティカルボナーラと鮭のおにぎり、ぼくは洋風幕の内弁当にした。スパゲティだけじゃ足りないでしょ、と、おにぎりはぼくが付けさせた。何がいい？と訊かれて宮島くんが選んだのが、鮭だ。

さすがにいつもの逆上がりと前まわりの三セットはやらず、二人、並んでベンチに座り、それぞれにスパゲティと弁当を食べた。飲みものは、ともに温かいペットボトルのお茶だ。

いざ食べはじめると、ちょっと不安になった。郵便局員が中学生に外で食事をさせている、などと通報されないだろうな、と思ったのだ。確かにそのとおりなのだが、させている、と言われてしまうとキツい。

そこで、今さらながら宮島くんに訊いてみた。

「もしかして、局で食べたほうがよかった？」

「いえ。こっちのほうがよかったです。今日は寒くないし」

気をつかってくれたのかもしれないが、そうだとしてもたすかった。

宮島くんは、とても礼儀正しい子だ。コンビニでぼくがお金を払ったときは、ありがとうございます、と言ったし、食べる前には、いただきます、と言った。職場体験学習のたびに思うことだが、最近の子たちは皆、礼儀正しい。少なくとも、こうして一人でいるときは、ほぼ全員が礼儀正しい。

「宮島くんはさ、部活とかやってるの？」

「サッカー部に入ってます」

「へぇ」

宮島くんは自ら言う。

「でもレギュラーではないです」

「そっか」

そう言ってしまう気持ちは、わからないでもない。訊かれて答えるくらいなら、自ら言ってしまいたいのだ。隠そうとした、ととられるのはいやだから。

「サッカーは、やってる人が多いから大変だよね」

「はい」

「ぼくの親世代だと、サッカーよりは断然野球だったらしいけど」

「部の先生もそう言ってました。日本がワールドカップに出てることが信じられないって」

「そうそう。よく聞くよ、それ」

ぼくの父も言っていた。自分が子どものころは、スポーツといえば野球だった。サッカーなんて、何人でやるかも知らなかった。と。

「宮島くんのお父さんは、何してる人？」

「お父さんは、いないです」

「あ、ごめん」

「いえ」

失敗だ。何でも話せばいいというものではない。

「じゃあ、えーと、お母さんは何してるの？」

「お母さんもいないです」

「え？」

「去年からおばさんと二人で住んでます。みつば南団地に」

「あぁ。そうなの。ほんと、ごめん」

「いえ」

参った。中学生も大人もない。人には事情がある。

「おばさんは、証券会社に勤めてます。東京の」

「そうなんだ」

「朝が早いんで、ぼくの弁当はつくれなくて」

「なるほど」

宮島くんはカルボナーラを食べ終え、おにぎりに移る。

ぼくは弁当の容器にフタをして、温かいお茶を飲む。

「まだ時間はあるからさ、ゆっくり食べて」

「はい」

「配達。やってみて、どう?」

「大変だと思いました。雨の日も、あるんだろうし」

「うん。台風の日も雪の日も、あるからね。でもさ、天気がいい日に風に当たるのは、気持ちいいよ」

「それも思いました。丸一日ってなると、やっぱり大変なんだろうけど」

「大変じゃない仕事なんてないんだよね、きっと。ぼくは証券のことなんて何も知らないから、その会社に勤めてるっていうだけで、宮島くんのおばさんは大変だろうなぁ、と思っちゃうよ。すごいとも思っちゃうね」

「証券て、株のことらしいです」

「その株のことも、恥ずかしながら、よくわからない」と笑う。

「ぼくもです」と宮島くんも笑う。

こういうのは楽しい。宮島くんが職場体験をさせてもらっているというよりは、ぼくのほうが異世代交流をさせてもらっているという感じだ。自信がある。宮島くんよりはぼくのほうが、絶対に楽しめている。

午後は一時間ほどで配達を中断し、宮島くんを連れて局に戻った。一応、授業の時間に合わせているので、四時五時まで引っぱるわけにはいかないのだ。

「今日はありがとう」と言われ、

「こっちこそありがとうございました。明日もよろしくね」と返す。

そしてまたすぐにバイクを出し、配達を再開した。

宮島くんと同行するため、持ち分をいつもより減らしてもらっていたので、十五分程度の遅れで帰局することができた。転送や還付の処理を急げば、ほぼ定時には上がれる。

実際に、上がれた。

続く水曜も木曜も、ぼくは宮島くんとの楽しい仕事を滞(とどこお)りなく終えた。

宮島くんは自分から、去年お母さんが亡くなったことを話してくれた。そのお母さんのお姉さんである伯母さんに引きとられたのだという。引きとられたとはいっても、そそもそもは都内に住んでいた伯母さんが、わざわざみつばに引っ越してきた。宮島くんが転校しなくてすむよう、そうしてくれたのだそうだ。

三日間の職場体験学習。その最終日には、またまたみぞれちゃんとリオちゃんが集配課にやってきた。

みぞれちゃんはこんなことを言った。

「わたし、高校生になったら、お正月のアルバイトするよ。郵便屋さん、それまでいてね」

「わたしもします」とリオちゃんも続く。

みぞれちゃんとリオちゃんが高一でアルバイトをしてくれたとしても、二年先。そして異動の目安は五年。ぼくは今年が三年め。ぎりぎりかもしれない。

そのときまではいたいな、と思った。

「ありがとう。待ってるよ」と言った。

じゃあね、と手を振りながら、二人が郵便課に戻っていく。

振り返ると、少し離れたところに谷さんがいた。

今回は、何も言わなかった。

やや強い目で、ぼくが見たからかもしれない。

金、土を挟んだ日曜の夜。伊沢家と平本家、すなわち旧平本家の食事会が、急遽（きゅうきょ）、開かれた。春行のスケジュールが空き、ちょうど母も父もぼくも休みの日曜日だったからだ。

＊　＊

午前十一時に母から電話がかかり、午後六時には都内の料理屋にいた。個室がある、銀座の鶏料理屋だ。

店の手配は春行がした。食事代も出してくれるらしい。個室と聞いて、まさか百波とも中道結月とも行った店じゃないだろうな、と思ったが、そのあとに鶏料理屋と聞いて、安心した。鶏料理屋にオマール海老はないだろう。たぶん。

鶏料理屋で個室だからお座敷を想定していたが、行ってみたらテーブル席だった。四人掛けのテーブル席が一つ。それでも八畳分ほどの広さがある。

四人で顔を合わせるのは、本当に久しぶりだ。最後に集まったのはおととしだから、二年と三ヵ月ぶりになる。お正月に集まることはあまりないのだ。何せ、ぼくが郵便局員だから。

「こういうの、これからも年に一度はやりましょうね」と、まずは母が言う。「今回みたいに、もう強引にでも開いちゃう。そうしないと、やらなくなるから」

その言葉が音頭となる形で、四人、ビールで乾杯した。

「おれ持ちだから、好きなだけ飲み食いして」と春行。「と言いつつ、牛でも豚でもなく鶏ってとこがセコいけど」

「わたしは鶏が一番好きよ。年齢的に、牛とか豚は、もう、ちょっと重い。まあ、料理法にもよるけど」

「鶏だって、高いものは高いよな」と、これは父。「名古屋コーチンとか、あとは、えーと、比内地鶏とか」

「その二つしか知らないんでしょ」と母が笑う。「わたしも知らないけど」

父と母は、ごく普通にしゃべっている。この二人がもう夫婦ではないというのは奇妙な感じがする。別れたから気軽にしゃべれるのだろうか。よくわからない。

鶏の焼きものやら鍋ものやらが次々と運ばれてくる。なじみ客であるせいか、複数いる店員さんたちは、いちいち春行に反応したりしない。

「ハル、こないだのドラマ、見たわよ。ナンチャラのナンチャラ」

「『オトメ座のオトコ』」とぼく。

「どうだった?」と春行。

「おもしろかった。というか、正直よくわからないけど、若い人たちはおもしろいでしょ」

「おれも見たよ」と父。

「マジで?」

「ああ。おもしろかった。えーと、何だ、ゲイバーというのか? ああいうとこに行ってみようかと思った」

「あ、それはわたしも思った。女でも行けそうよね」

「うん。お客さんには、女の人も多いらしいよ」

「中道結月だって行くんだもんね」

「役のうえでだっつうの」

「そうだけど。中道さん、元気?」

「もう会ってないから知らないよ。撮影どころか放送も終わってんじゃん。仕事で一緒になんなきゃ会わないよ」

たぶん、母なりに探りを入れた。春行もそれはわかっているだろう。

「バラエティ番組はもう見慣れたけど、ハルが中道結月とドラマに出てるんだもんね。

驚いちゃうわよ」

「百波とも出たよ」

「あぁ。百波ちゃんね」

何故か百波にはちゃんが付く。

「あの子もかわいかったわね。大人っぽさでは、中道結月に負けるけど」

「実際、歳がちがうからね」

「いくつちがうの?」

「三つかな」

「三つ分以上に、ちがわない?」

「そんなこともあるよ。それを言ったら、おれと秋宏なんて、逆転してんじゃん。みんな、おれを弟だと思うよ。だよな? 弟」

「みんなじゃないけど、たまには思う人もいるかな」

そんな具合に、ぼくらはただの一家族のように食事をし、話をした。父と離婚する前に母が言っていたように、二家族になってもあまり変わってはいない。変わったのはぼくの意識、ということかもしれない。でもその意識こそが厄介なのだ。変えようとして変えられるものでもないから。

父と母。どちらかが例えば再婚したら、この食事会も開かれなくなるのかな。
と思っていたら、弟と思われることが多い兄が言った。

「ねぇ、どっちもさ、カレシカノジョはいないの？」

さすが春行。親に向かって、すごいことを訊く。

「わたしはいないわよ」

「おれもいない」

だからといって二人が夫婦に戻ることは、たぶん、ない。八ヵ月前に離婚した、五十五歳と五十二歳の男女。お互いカノジョカレシができないからもとの鞘(さや)に収まる。そういう話ではない。

ぼくと同じことを考えたのか、ほろ酔いの母が言う。

「あらためて、これは決めておきましょ。わたしたちのどっちかが再婚しても、この食事会はやる。年に一度はやる。強引に開く」

「まあ、そのうちおれの人気も落ちてヒマになる。そしたらいつでもできるよ」

「いつでもはできないよう、売れつづけなさいよ」と母。

「でも無理はするなよ」と父。

「無理をしないでやっていける業界ではないよ」

「アキはどうなの?」と母。

「ぼくは、無理をしないでやってるよ」

「でもバイクの運転は気をつけろよ」と父。

「うん。そこも無理はしないよ。自分も含めた、人の安全が第一」

「ほら、おれよりは大人だよ」と春行が楽しそうに笑う。「秋宏さ、お前、やっぱおれより先に生まれてない?」

＊　＊

「そういえば、平本くん、こないだの件、谷くんから聞いた?」と小松課長が言い、

「えーと、何でしょう」とぼくが言う。

休みが明けた月曜日、その夕方のことだ。

こないだの件。谷くん。いやな予感がした。

いやな予感は、たいてい当たる。

初めて、外れた。

「聞いてない?　誤配の件」

「はい」

「あ、そう。谷くんが自分で言っとくって言ってたんだけどな。まあ、いいや。先週の、木曜かな。平本くんと、あの体験学習の子、誰だっけ」

「宮島くんです」

「そう、平本くんとその宮島くんがまわったお宅で誤配があってさ」

「ほんとですか？　すいません」

「いや、それはいいんだ。先方さんもまったく怒ってなかったし」

「どちらのお宅ですか？」

「えーと、梶(かじ)さん。ベイサイドコートの」

「あぁ。はい。A棟の」

　柴崎みぞれちゃんのB棟じゃないほう、だ。

「何でもさ、DMのハガキが、同じもう一枚のハガキに、ぴったりくっついてたらしいんだよね。隣宛なら入れてくれたんだろうけど、一丁目の戸建て宛だったから困ったみたいで。それで電話をくれたんだ。DMだから、業者の名簿順になってたんだろうな。住所順じゃなく、名前のアイウエオ順とか。ほんとにぴったりくっついてて一枚に見えたから、これじゃわかんないですって、梶さん自身が言ってたよ。めくってなかを見ようとした人じゃなきゃ気づかないって」

「そうですか。よかったです。いえ、よくはないですけど」

一枚はがして見るタイプのＤＭハガキでは、よくそういうことがある。はみ出した糊が、前のハガキにくっついてしまうのだ。そのあたりを、宮島くんにきちんと説明しておくべきだった。ツイてない。よりにもよって、そのベイサイドコートから、宮島くんに配達してもらったのだ。

「で、ほら、電話がかかってきたとき、平本くんはまだ配達から戻ってなかったから、どうしようかと思ったんだよね。そしたら、谷くんが言ってくれたんだ。もう終わったからおれが行きますよって。だから、お願いした。平本にはおれから言っときますよって、そうも言ってたんだけどね、谷くん」

言ってたんだけど、実際にはぼくに言わなかったわけだ。谷さん。

そこから悪意は感じとれない。感じとれるのは、善意だ。谷さんが告げなかったところで、ぼくに不利益はない。それどころかぼくは、自分と宮島くんが誤配したことを知らないでいられる。

「課長」いい機会だと思い、ぼくは尋ねてみる。何を期待してでもなく。「谷さんて、いつもあんな感じなんですか?」

「ん?」

「えーと、つまり、どの局でも」

「あぁ」

それだけで、小松課長はぼくの言わんとするところを理解してくれた。見えているものは同じなのだろう。しばし考えて、言う。

「ここだけの話にしといてな」

「はい」

「正直、谷くんの評判はよくないよ。十八で入って、今三十で、ウチがもう五局め。そのことだけで、わかるよね。実際、異動する先々で、何かしら問題を起こしてる。業務関係ではなくて、局内での対人関係のほうでだな。配達先のお客さんとではなく、局員とっていう」

「そうなんですか」

木下さんが谷さんを殴ったことは、持ちだすまでもない。小松課長も知ってるだろう。

「これはほんとに言うべきではないかもしれないけど。まだ小学生ぐらいのときに親御さんと死別して、相当苦労したみたいだよ。妹さんと二人で、それこそ親戚じゅうをたらいまわしされたらしい。二人預かるのは無理ってことで、途中からは妹さんとも引き離されて。で、高校のときの先生のお兄さんが局員で、その人のすすめもあって、郵政外務の試験を受けたんだそうだ。そのころは、ほら、まだ今ほど厳しくはなかったし」

「ぼくが受けたときも、まだぎりぎりそうでした」

「そのお兄さんね、僕もよその局で一緒になったことがあって、顔見知りなんだよ。今回、谷くんがウチに来たときも、面倒をかけるかもしれんがよろしく頼むと、わざわざ電話をかけてきてくれた」

「そのかたも、配達をやってるんですか？」

「うん。貯金や保険をやってたこともあるけど、希望して配達に戻ったらしい。まあ、とにかく。谷くんは、昔のそういうこともあって、周りをみんな敵と見ちゃうのかもしれないな。だから協調性がなくてもしかたない、とはならないけど」そして課長は続ける。「これ、言わないでね。管理者の僕がこんなことを言ったとなったら、突き上げを食っちゃうから」

「言わないです。すいません。言わせちゃって」

「今言ったことはまったく気にしなくていいけど、でも知ってはおくという感じで、谷くんとうまくやってよ。それでも何かあったら、僕に言って」

「はい。そうします」

小松課長が行ってしまうと、ぼくは集配課に戻った。通路で出くわしただけなのだ。なのに、意外なことを聞いてしまった。知らなくていいことまで聞いてしまった。それを知ってしまったことを、谷さんに知られてはならない。だって、いやだろう。そんなことを知られたとわかったら。

ただ、誤配の件は、聞いてよかった。たまたま小松課長がこのタイミングで思いだしてくれたが、そうでなければ、ぼくが事実を知らずに終わる可能性もあったのだ。さっきは、自分と宮島くんが誤配したことを知らないでいられる、という言い方をした。宮島くんは知らなくていい。でもぼくは知っておくべきだ。

せめてサインぐらいは出してくださいよ、谷さん。自分で言わなくてもいいから、何か、こちらがあれっと思うようなサインぐらいは。

でもこれまで誰にもサインを出さずにやってきたのが谷さんなのかもしれない。だから、谷さんのことで目につくのは、悪いことばかりになる。配達が遅ぇと人をけなすとか、時にはけなしすぎて木下さんから反撃を食うとか。いいことは、谷さん自身が隠してしまうから。

転送と還付の処理を素早くすませたところで、定時十分すぎ。ぼくは足早に休憩所に向かった。

いてくれ、と思った。

いた。

今日はいないでくれと願った、たまに一緒にいる小宮さんは、いない。谷さん一人だ。いつものように微糖の缶コーヒーを飲んでいる。早坂くんとぼくが飲むのと同じ銘柄のやつを。

谷さんが座っているテーブル席に歩み寄り、ぼくは足を止めるより先に言う。谷さん以上に強く出るべきだと思い、いくらか怒ったような声で。

「言ってくださいよ、谷さん。何で言ってくれないんですか」

「あ？　何だよ、急に」

「誤配のことですよ、先週の」

「あぁ」

「言ってくれなきゃ、お礼もできないですよ」

谷さんがぽかんとする。思いだしたように缶コーヒーをズズッと飲み、ぼくをじっと見る。そして意外なことを言う。

「お礼、してくれんのか？」

強気の姿勢が、その意外な言葉で早くも崩れてしまう。

「えーと、はい。まあ、あの、そんな無茶なことでなければ」

谷さんはなおじっとぼくを見る。言う。

「じゃあ、お前よ」

「はい」

「サインくれよ」

「はい？」

「春行の」

あぁ。そのサインか。さっきの、谷さんが出してくれないサインじゃなく。

「妹がよ、好きなんだよ」

「そうですか。それは、よかったです。えーと、谷さんは、どうですか？」

「あ？」

「春行、好きですか？」

「いや、別におれはどっちでもねえけど。男だし」

「ぼくのことはきらいでもいいから、春行のことは好きでいてくださいよ。妹さんにも、好きでいてもらってください」

「何だそれ」

「何でしょう」

谷さんが少し笑った。いやな笑いではなかった。

「妹さんの名前、訊いてもいいですか？」

「何で？」

「いや、サインに名前を入れたほうがいいかと思って。ナントカさんへって」

「あぁ。アキノ。お前の秋に乃木坂の乃で、秋乃」

「秋乃さん。何ていうか、いい名前ですね」

「何だそれ」

「何でしょう」

谷さんが、またしても笑う。

もちろん、いやな笑いではない。

先生が待つ手紙

郵便物は、住所さえあれば、配達される。基本的に洩れはない。届を出してさえいれば、きちんと配達される。

町の一軒一軒、すべてを配達員がまわる。個人宅だけでなく。コンビニもスーパーも。地ビールの会社もバーも。警察署も市役所も。当然、学校も。

そう。学校。

あわただしかった年賀も、ようやく一段落。ぼくは冬休みが明けて間もない蜜葉市立四葉小へと向かう。早坂くんが自身二区めとなるみつば二区を担当することが増えたので、ぼくもまたみつば一区やこの三区の四葉をまわることになったのだ。

一月二月は、もう、とにかく寒い。沖縄あたりへの短期異動を申請したくなるほど寒い。そして残念ながら、そんな制度はない。

厚手の防寒着のなかに五枚着ている。それでも寒い。なかでもツラいのが手だ。ハガキや封書だけでなく、書留の配達完了登録を行う端末機器まで扱うから、厚手の手袋ははめられない。薄手の手袋をはめて配達をする人もいるが、ぼくはできない。それこそ例のハガキのくっつきなどをおそれてしまうので、指はむき出しにしておきたいのだ。だから、指先部分はカットされたニット手袋をはめている。

鼻が常に濡れ、湊が定期的にツツーッとたれる。これはもうしかたない。春行がやってもセトッチがやっても、湊はたれるだろう。百波がやっても中道結月がやってもたれるだろう。

校門から四葉小に入ると、ぼくはアスファルトと土の境のところにバイクを駐める。大小の郵便物を両手に持ち、そこからは歩いて校庭側にまわる。表玄関ではない。校庭側。一階にある職員室の窓から手渡しするのだ。

いつもその窓のカギはかけられていない。なかの先生たちもわかっている。行けば誰かが気づき、郵便物を受けとってくれる。書留があれば、印鑑も捺してくれる。

たいていは、窓から一番近い席にいる先生が気づく。こちらに背を向けてるのに、ほかの先生の反応なんかで気づいてくれる。名前まで覚えてしまった。栗田(くりた)先生だ。三十代前半ぐらいの、縁なしメガネをかけた女性。訪ねるのは昼休みになることが多いため、ほぼ毎回、席にいてくれる。

今日もそう。いてくれた。

校庭では、寒いのに、児童たちが元気にドッジボールをしている。縄跳びもしている。ただ走っている子もいる。その子なりに何か理由があるのだろうが、見ているだけではわからない。でもこちらまで何となく楽しくなる。追いかけていって、理由を訊きたくなる。

深夜から早朝にかけて立った霜柱が融けたせいか、地面は昼の今もなお少しぬかるんでいる。それでも子どもたちは走りまわる。で、転ぶ。ゲラゲラ笑われる。転んだ本人もゲラゲラ笑う。自分が転んだことを笑えるのはいい。ナイス転倒！　と声をかけたくなる。

ぼくが窓のところへ行くと、コンコンとノックするまでもなく、栗田先生が気づいてくれた。すぐに立ち上がり、窓を開けてくれる。

昨日はたまたまほかの先生だったので、栗田先生とはこれが今年初対面になる。

「あけましておめでとうございます」と言い、

「おめでとうございます。今年もお願いします」と言われる。

郵便物をまとめて手渡しする。

「今日は書留はないです」

「了解」

それで去るつもりでいたが、栗田先生に、速達について訊かれた。

基本料金に速達料金が加算されることを説明し、書留の場合も同様であることを伝えた。話をするなら失礼かと思い、ヘルメットはとった。

それが、いけなかった。

ぼくらのもとへ、というか栗田先生のもとへ、何人かの児童が集まってきた。特に意味はなく、先生何してんの？　という感じに。

で、こうきた。

「春行！」

気づかれた。

「スゲえ！」

「そっくり！」

「超似てる！」

「本物？」

ちょっとした騒ぎになった。騒ぎは人を呼ぶ。校庭のあちこちから、さらに子どもたちが集まってくる。

察した男の先生が駆けつけ、素早く事態の収拾を図る。ジャージを着た、ぼくと同い歳ぐらいの先生だ。

「ほら、みんな、集まるな。昼休み、終わっちゃうぞ。戻れ戻れ！　遊べ遊べ！」

「だって春行だよ」と、上級生らしき男子が言う。

「郵便屋さんが春行のわけないでしょ」と栗田先生。

「いいから戻れ！　ドッジボールするぞ！　戻らなかったら、そのチームの負けな。ボールの片づけは、負けチームがやる」

それで児童たちはあっけなく戻っていった。イベント終了、という感じだ。

「と子どもたちには言いましたけど」と栗田先生がぼくに言う。「春行のわけない、ですよね？」

「ないことも、ないです」

ぼくは栗田先生に事情を説明した。自分が春行の弟であることを。こうなった以上、先生には伝えておくべきだろうと思って。

栗田先生は、素直に驚いた。

「ほんとにそうだったんですね。正直、似てるなぁ、とはずっと思ってました。似てますねって、ほかの先生がたと話したりもして。でもまさか弟さんだとは」

「ヘルメットをとらなきゃよかったですね。で、どうしましょう？　これからは」

「えーと、そうですねぇ。しばらく、昼休みの時間は避けてもらったほうがいいかも。といっても、一週間ぐらい。それだけあれば、子どもたちは忘れちゃうと思うんで」

「わかりました。ぼくが来るときは、ちょっと時間を変えるようにします。えーと、午前十一時ぐらいでもいいですか？」

「ええ。何時でもだいじょうぶ。授業中でも誰かしら先生はいますから」

「じゃあ、しばらくはそのころに伺います」

「すいませんね」

「いえ、こちらこそ。何かおかしなことになっちゃって、すいませんでした」

「そんな。郵便屋さんのせいじゃないですよ」

「でも子どもたちのせいでもないですし。じゃ、失礼します」

そう言って、ヘルメットをかぶる。今度はぼく自身が走った。小走りよりは速く。それこそ逃げるように。

＊　＊

夜。井上聖奈(いのうえせいな)から電話があった。いや、もう井上ではないはずの、聖奈からだ。

聖奈は、ぼくの元カノジョだ。春行の元カノジョでもある。同学年の聖奈とぼく、一つ上の春行。三人全員が高校生だったときの話だ。ぼくが先で、春行があと。わかりやすく言えば、聖奈が乗り換えたのだ。弟から兄へ。

ぼくは聖奈にフラれ、聖奈は春行にフラれた。春行は、ぼくが聖奈と付き合っていたことを知らなかった。それを知って、聖奈と別れた。弟が付き合った相手と付き合うのは兄のプライドが許さない。そういうことなのだと思っていたが、ちがった。自分の弟をコケにするやつとは付き合えないだろ。春行自身がそう言った。

聖奈は去年の十二月に結婚した。はずだ。披露宴に来ないかとぼくに声をかけてきた。何と、春行にまでかけたらしい。これについては、たぶん、春行が先で、ぼくがあとだ。元カレシにして人気タレントの春行に声をかけ、あっけなく断られたから、元カレシにして人気タレントの弟に声をかけた。そういうことだと思う。さすがにぼくも断った。その日も仕事だから難しいと言って。

聖奈の電話番号はとっくに消していたが、その通話を終えたあとに、再び登録した。そうしておかなければ知らずに出てしまうことがあるとわかったからだ。迂闊（うかつ）だった。だからこそ、消したままにしておくべきだった。

もうかけてくることはないだろうと思っていた電話がかかってきて、またしてもぼくは出てしまった。名前が表示されているのに出ないのはキツいな、と思って。

「もしもし、秋宏?」

「うん」

「久しぶり」

「久しぶり」

「今、いい?」

「うん」と言ったあとに、付け加える。「少しなら」

「元気?」

「元気」

「春行も、元気?」

「だと思うよ」

「まあ、元気だろうね。テレビをつけてればわかる。『オトメ座のオトコ』、見たよ。秋宏は? 見た?」

「一応」

「すごくおもしろかったね」

「うん。おもしろかった」

「すごいね、中道結月と共演なんて」

「すごいんだろうね。で、えーと、何?」

「何ってこともないんだけど。何か、いろいろうまくいってなくてさ」

「結婚相手とってこと?」

「そう」

「新婚、だよね」

「そろそろ一年だよ」

「でも新婚、でしょ」

「まあ、そうだろうね」

「結婚するとさ、それまで見えなかったものが見えてきたりすんのよね」

「結婚した今になってわかるよ、秋宏は優しかったんだなって」

「優しくは、なかったよ」

「ううん。優しかった。逃した魚は大きいよ」

「春行ならそうだろうけどね、ぼくの場合は、逃した小魚にしては大きいって言うべきじゃないかな」

ケータイの向こうで、聖奈が声を上げて笑う。笑い声は届くが、表情までは伝わらない。人間は、声だけで笑ったふりをすることができる。電話でなら、パソコンでニュースを見ながら、人の悩みを聞いてやることができる。ネット通販で買うものを選びながら、真摯(しんし)に聞いているふりをすることができる。

「春行ってさ」

「うん」

「ケータイとか、換えたのかな」

「どうだろう。換えたかも」

うそはつきたくないので、そんな言い方になった。

知っている。春行はケータイを換えた。機種変更ではない。番号ごと換えた。つまり、もとのは解約し、新規に契約した。どこからか番号が洩れてしまったらしく、イタズラ電話がかかってくるようになったのだ。だからスパッと換えた。番号持ち運び制度というものがあるが、春行みたいな人たちにとっては意味がない。むしろ、換えたいのだ。様々な不便はあっても。

「秋宏は知らないの？　新しい番号」

「えーと」知らないのは不自然だと思い、言ってしまう。「知ってる」

「じゃ、教えて」

教えてくれない？　ではない。教えて。

やっぱりそんな用件か。まあ、そうだろう。聖奈は小魚を狙うタイプではない。

「いや、それはちょっと」

「何、ダメなの？」

「ダメというか」

「春行に教えるなって言われてるわけ？」

「言われてはいないけど。でも、普通は教えないよね」

「友だちにも？」

友だち。元カノジョではない。ここでは友だちと言う。そのあたりが聖奈だ。

「ぼくに電話があったって、春行に伝えておくよ」

「わたしにも教えてくれないの？」

「悪いけど」

「じゃあ、いい。またね」

そして通話が切れた。ツー、ツー、ツー、という音が流れる。

この感じも、披露宴への出席を断った前回と同じだ。聖奈とは、いつもこうなる。

結婚して、それまでは見えなかったものが見えてきたとしても、聖奈は変わらない。

ただ見えてきただけ。そういうことかもしれない。

結局、今回も、聖奈の新しい名字は聞けなかった。聞けないまま終わるべきなのだろう。

自分の両親を持ちだすまでもない。終わる関係は終わる。春行とぼくがいるので、幸いにも、父と母の関係は完全には終わらない。終わりようがない。

でも、なかには終わらせていい関係もある。終わらせるべき関係もある。またね、と聖奈は言った。意味があって言ったわけではないだろう。もう、またはない。聖奈から電話がかかってきたことを、ぼくが春行に伝えることもない。伝えたところで、あきれたな、そうだね、と言い合うだけになってしまう。悪口ではないが、すすんで言いたいことでもない。

手にしたままのケータイを操作し、ぼくは聖奈の番号を消去する。

名字が代わり、事実上、もうすでに存在してはいなかった井上聖奈。その文字が、画面から消える。

＊　　＊

午前十一時ぐらいでいいですか？　と言ってしまった手前、午前十一時ちょうどに行くことにした。四葉小の配達にだ。

昼休みではないので、学校は静かだった。音楽室からなのか、合唱の声が聞こえてくる。校庭からは、一、二、三、四、と、準備体操をする児童たちの声が聞こえてくる。それらが聞こえてくるのに、静かだと感じる。

授業中でも誰かしら先生はいると言ってたが、職員室には栗田先生自身がいた。足音が聞こえたらしく、すぐに気づいて立ち上がり、窓を開けてくれる。

「どうも。こんにちは」

「ごくろうさま。ほんとに十一時。ぴったり」

「はい。せめて初回ぐらいはと」

「でもちょうどよかった。郵便屋さん、ちょっと時間あります？」

「ええ。何でしょう」

「たまにはお茶でも飲んでいってくださいよ」

「え？　いや、でも」

「ほら、昨日は子どもたちが騒いでご迷惑をかけちゃいましたし。遠慮しないで。さあ、どうぞ。こっちから上がって」

そこにはサンダルがいくつか置いてある。校庭に出られるようになっている。

「ほんとに、いいんですか？」

「どうぞどうぞ。今、スリッパを用意しますから」

さすがにヘルメットはとり、出してもらったスリッパを履く。

その際、くつ下に穴が空いてないか、チラッと確認した。普段から穴が空いたくつ下を履いてるわけではないが、穴は気づかないうちに空いてる場合もある。セーフ。空いてなかった。綻（ほころ）び、といった程度でとどまっている。

そして職員室に入った。そう。職員室。まさか大人になって、職員室に入るとは。

「こちらへどうぞ」

と示された応接セットのソファに座る。それほど豪華ではない。布製のソファだ。単にイスと言ってもいいくらいの。

「お茶とコーヒー、どちらがいいですか？」

「えーと、先生は」

「わたしはどちらでも」

「じゃあ、お茶でお願いします」

「了解。実はわたしもお茶のほうがよかったです」

言いながら、栗田先生は給湯場のほうへと去っていく。おもしろい人だ。

職員室の隅にあるそのソファで、まさに借りてきた猫のように縮こまり、部屋全体をそれとなく見まわす。机は全部で三十ぐらい。席に着いているのが三人。授業中はそんなものなのだろう。

今のうちにと、ハンカチで鼻を拭う。寒い外から暖かい部屋に入ると、途端に洟がたれてくるのだ。

栗田先生がお茶を運んできてくれた。湯呑を二つ、くすんだ白いテーブルに置き、ぼくの向かいに座る。

「どうぞ」

「すいません。いただきます」

てっきり緑茶が出てくるのかと思ったが、ちがった。緑色じゃない。茶色い。

「あ、ほうじ茶ですか」と、つい言ってしまう。

「緑茶のほうがよかったですか？」

「いえ。好きなんですよ、ほうじ茶。母親が好きだったので、ウチは昔からそうでした。お茶といえばほうじ茶」

「わたしもほうじ茶好き。二、三杯淹れても、緑茶みたいに出流れた感じにならないところがいいですよ」

「それも母親が言ってました。確かにそうですよね。緑茶だと、二杯めあたりでもう水道水の臭みが出る」

「そうそう」

「と、いきなりどうでもいいことを言っちゃいましたけど。あの、先生は、お時間、だいじょうぶなんですか？」

「ええ。今はちょうど空き時間」

「あぁ。あるんですね、小学校の先生にも」

「少ないですけどね。だからほんと、この時間に来てくれてちょうどよかった。郵便屋さんこそ、お時間はだいじょうぶ？」

「はい。一人でやる仕事なので、休憩時間はずらすこともできますから」

「なるほど。今さらですけど、お礼を言っておきます。いつもわざわざ手渡ししてくれて、ありがとうございます」

「いえいえ。確実にお渡しできるので、こちらもたすかります」

四葉小の郵便受けは、校門のわきにある。あることはあるが、防犯上の意味で、いつからか手渡しになったらしい。

栗田先生と二人、ほうじ茶を飲む。やや濃いめ。だが濃すぎない。おいしい。

「それにしても、郵便屋さんがまさか春行の、じゃなくて春行さんの弟さんだったとは。歳甲斐もなく、緊張しますよ」

「いえいえ、緊張してるのはぼくのほうですよ」

「どうして？」

「いやぁ。だって、職員室に入らないですから。しかもそこでお茶、飲まないですから。何か、悪いことをして呼び出されたような気分ですよ」

「悪いことをして呼び出されてたんですか？ 昔」

「いえ、全然。といって、優等生だったわけでもなくて。ただただ安全第一の子どもでした」

「安全第一の子ども」と栗田先生が笑う。「今もいますよ、そういう子」

「いますか。まあ、いるでしょうね。むしろぼくのころよりいるだろうなって気がしますよ。今のほうが、危険は多そうですし」

「郵便屋さんは、今、おいくつ？」

「こないだ二十六になりました。ちなみに、上の春行とは年子です」

「わたしは三十二なんですけどね」と栗田先生はあっさり歳を明かす。「確かに今の子たちは自分のころとちがうなぁ、と思いますよ。何ていうんでしょう。子どもは子どもで、基本的には同じなんですけど、でもちがうんですよね。不思議です」

「まず名前がちがいますもんね」

「そう。まずそれ。最近の子の名前は読めないから大変」

「郵便物の宛名、ふりがなをふっておいてくれないと読めないです」

「ほんとですよ。飛翔の翔でカケルくんならともかく、太陽の陽にその翔でハルトくんとかヒナトくんとなると、もう、読める読めないじゃなく、読めるわけない、の域ですからね。受け持ちのクラスが決まったら、一人一人の名前を覚えるのに必死です。そこだけは絶対にまちがえられないから」

翔は、早坂くんの名前にもつかわれている。早坂翔太だ。これなら、ショウタとしか読めない。実はハルタだったとしても、まあ、怒られない。と、そこまで考えて、思う。早坂くん、ショウタだよね？　合ってるよね？

名前の読みからの流れで、栗田先生に訊いてみる。

「名前だけじゃなく、名字でもありますよね？　ヤマザキくんとヤマサキくんとか、クワバラさんとクワハラさんとか」

「ありますね」

「先生だと、やっぱりそこも注意しますか？」

「しますね。かなりしますよ。大人でもいやですもんね、何度も会ってる人にまちがえられたりするのは。訂正するのもどうかと思っちゃうし。例えばわたしでさえ、アワタさんて言われることがありますよ。漢字の栗と粟をまちがえられちゃうんですね。それで覚えられると困るんで、さすがに訂正しますけど。わたしより粟田さんのほうが大変でしょうね。栗田さんて言われることが、頻繁にあるだろうから」

「うーん。ありそうですね」

「考えたら、郵便屋さんも大変ですよね。粟田さん宛の郵便物が栗田さん宛で来るなんてこと、多いでしょ？」

「多いですね。下の名前まで書いてあってそれが正しければいいですけど、名字だけだと微妙です。粟田さん宛に栗田さんなら、便宜上、配達するとは思いますけど」

「理論上は配達しなくていいってことですもんね」

「ええ。むしろ配達しちゃいけないってことかもしれません」

「でも配達しなかったら、文句を言われちゃう」

「おそらく。粟田さん宛に栗田さんならまだいいですけど。これが例えば吉田さん宛に古田さんになると、難しいですよね。あとは、田中さん宛に中田さんとか。配達したらしたで、全然ちがうじゃないかと文句を言われる可能性もありますし」

「そうかぁ。いろいろなパターンがありますもんね」

「はい」

「勉強になります」

「いえ、そんな」

「子どもたちにも言いますよ。みんな、手紙を書くときはきちんと宛名を書きましょうって。そうしないと郵便屋さんが困っちゃいますよって」

「いえ、それはほんとに。と言いつつ、言っていただけるとたすかります。ぼくら配達人だけじゃなく、差出人さんのためにも受取人さんのためにもなると思うので」

「了解です。言っておきます」

「ただ、今の小学生の子たちが、手紙、書きますかね」

「うーん。それも、言っておきますよ。みんな、もっと紙の手紙を書きましょう、郵便屋さんを忙しくさせちゃいましょうって」

「たすかります。お願いします」

ツツツッとほうじ茶を飲む。体がようやく室温に慣れる。肩の力が抜ける。筋肉がほぐれる。

「あ、そういえば、郵便屋さん、あれですよね、たまに今井くんのお宅でも休憩するんですよね？　今井貴哉くん」

「あぁ。はい。貴哉くん」

「今、わたし、今井くんの担任なんですよ」

「じゃあ、一年生の、ですか」

「ええ」

「貴哉くん、先生にそんなこと言ってましたか」

「言ってました。春行みたいな郵便屋さんが来るって。わたし、それですぐにわかっちゃった。あぁ、あの郵便屋さんだなって。でもよく考えればそうですよね。ここに来られるかたと今井くんのお宅に行かれるかたは同じでしょうし」

「そうですね。同じです」

　今井貴哉くん。祖父は今井博利さん。谷さんの通区をしたときに缶コーヒーをくれた、あの今井さんだ。冬の今は予想にたがわず、いや、期待にたがわず、保温庫で温めた缶コーヒーをくれる。

　孫の貴哉くんは、去年の三月の終わりに、九州の福岡からこの四葉に転居してきた。現在はカーサみつばの管理人でもある母親の容子さんが離婚したからだ。

今井さん宅の広い庭にあるベンチで休憩させてもらったときに、今井さん自身からそんなことを聞いた。一人で無理をしないでウチに戻ってこいと、今井さんは容子さんに手紙を出したのだ。直接会うとムダな言い合いになるからと。

今井さんによれば、貴哉くんは人見知りするということだったが、おじいちゃんの今井さんと三人で顔を合わせることで、少しずつぼくにも慣れてくれた。これに関しては、自分が春行に似ていたことに感謝している。それがいい話題になったからこそ、貴哉くんの緊張が解けるのも早かったのだ。

「個人情報を洩らしちゃいますけどね、今井くん、夏休みの絵日記にも書いてましたよ。『今日ゆうびんやさんがきました。ぼくのうちで休みました。ジュースあげました。かんコーヒーでした。たのしかったです』。確かそんな文面でした。今井くんはおとなしい子なんで、ちょっと意外に思ったから覚えてます」

「何か恥ずかしいです。職員室に、今井さん宅。ぼくは休んでばっかりですね。でもうれしいです、そんなことを書いてくれるなんて。絵日記ってことは、絵も描いてくれたんですか?」

「そうですね。郵便屋さんとバイクの絵。バイクが赤く塗られてたんで、一目で郵便屋さんだとわかりましたよ。絵の顔は、春行さんに似てなかったかな」

「いやぁ、でもほんと、話を聞くだけでうれしいです。よかったです、そんなことを教えていただけて。じゃあ、えーと、そろそろ」

「あ、お茶、もう一杯、いかがですか?」

「いえ。ありがとうございます。おいしかったです」

立ち上がって、さっき入ってきたところへ行き、スリッパを脱いで向きを直す。あらためて、くつ下を確認。綻びはあるも穴はなし。セーフ。

「ごちそうさまでした。では失礼します」

「これからもよろしくお願いしますね」

「こちらこそ」

くつを履き、ヘルメットをかぶる。そして栗田先生に頭を下げ、小走りでバイクのほうへと向かう。

校庭で体育の授業を受けているおそらくは低学年の児童たちの何人かが気づき、手を振ってくれる。ヘルメットをかぶっているし、距離もあるから、バレてはいない。彼らはぼくが春行に似ているからではなく、郵便屋だから手を振ってくれる。もちろん、ぼくも振り返す。

バイクに戻り、乗り、エンジンをかける。今日は配達のコースを変え、わざわざこの四葉小に来た。予定外の休憩までとってしまった。だから時間は押している。ちょっと急がなければならない。

それでも、コースを変えてよかった。この時間に来てよかった。

今日は意外な事実を知った。

職員室で飲んでも、ほうじ茶はおいしい。

＊　＊

夜。今度はセトッチから電話があった。春行が原因でカノジョと別れてしまい、こないだぼくのアパートに来た、セトッチからだ。

あのあと、セトッチは、最終に近い電車に乗って帰っていった。泊まっていけば、と言ったのだが、秋宏と二人で寝るのもちょっとな、と遠慮した。無理もない。百波と川原未佳さんも泊まるわけだから、セトッチはぼくとフトンを分け合うしかない。はずだったのだが。

未佳さんも、セトッチと一緒に帰ることになった。一人だとこわいからいやだけど二人ならいいかな、というわけで。

だから結局は前回と同じように百波とぼくの二人になった。当初予定していた形に戻ったわけだ。一応、たまきに報告した。〈百波が泊まりましたがお姫さま抱っこはしませんでした〉と。次の日の朝イチのメールで。

セトッチにも、〈未佳さんを送ってくれてありがとう〉とメールを出しておいた。〈こっちこそ、飲みに呼んでくれてありがとう〉と返信がきた。

で、それからおよそ二ヵ月経っての、今日の電話だ。

また春行のサインかな、と思った。もしそうなら、今度の子はそんなに熱烈な春行ファンでなければいいな、と。

ファンはファンだが、熱烈ではなかった。サインをほしがっているわけでも、なかった。

「もしもし、秋宏?」

「うん」

「久しぶり」

「でもないでしょ」

「まあ、そうか」

「何?　サイン?」

「いや、サインじゃない」

「じゃあ、飲み？」

「いや、飲みでもない」

「じゃあ、えーと、何だろう」

「おれさ、未佳ちゃんと付き合ってもいい？」

「え？」

「未佳ちゃん。ほら、川原未佳ちゃん。こないだ秋宏んとこで会った」

「いや、わかるけど。ほんとに？」

「ああ。あのとき、電車で一緒に帰ったじゃん。そこでいろいろ話してさ、メアドを交換したんだ」

「交換は、部屋にいたときにしてたよ」

「そうだっけ」

「うん」

「まあ、いいや。で、何度かメールしたり電話したりして、飲みに行くことになった」

「へぇ。さすがセトッチ」

「さすがではないよ。ただ、何か気が合ってさ。ほら、おれは春行に負けてるし、未佳ちゃんも百波には負けてるしで」

「負けてないでしょ、別に」

「いや、負けてるよ。少なくともおれは負けてる。未佳ちゃんは負けてないけど。とにかく、そういうのがわかる者同士、すごく話も合った。一緒にいて、すごく楽だった。だからさ、付き合っちゃってもいい？」

「『いい？』って、ぼくに許可をとることじゃないよ」

「よかった。秋宏ならそう言ってくれると思って、実はもう付き合っちゃってる」

「え？」

「告白して、オーケーが出た。『もっと早く告白してよ』って言われた。ムチャクチャうれしかったよ。そんなだから、とっくに飲みにも行ってる。これまでに五回は行ったかな」

「何それ。じゃあ、報告じゃん。許可がどうこうじゃなくて」

「ああ。ただ、ほら、秋宏が未佳ちゃんのことを気に入ってたら悪いなと思って。百波ちゃんもすすめてたから、付き合ってみようって気になってるかもしれないだろ？」

「あぁ。それはだいじょうぶ。未佳さんを気に入ってはいるけど、そういう気に入り方じゃないから。何かそれも失礼のような気がするけど、でも、だいじょうぶ」

「そうか。ほんと、よかったよ。おれ、結構ひやひやしてたんだ。未佳ちゃんは、一応、春行ファンなわけだから。どう考えても、同じ顔をした秋宏にアドバンテージがあるだろ」

「アドバンテージって」

「春行に続いて秋宏にも負け。そうなる可能性は充分あったよ」

「あったかもしれないけど。ぼくは春行そのものではないからね。あの顔であの性格であの感じが春行じゃん。ぼくは顔がちょっと似てるだけだよ。そういうのをきっかけに付き合ったら、かえってちがいが目につくだけじゃないかな」

目につくだけだと思う。自分で言ってみて、そう思う。高校時代の井上聖奈も、初めから春行と付き合いたかったのかもしれない。でもまずは同学年の弟で妥協したのだ。で、やはりダメだと感じたのだろう。

「秋宏さ」

「ん？」

「お前、すごいな」

「何が？」

「自分の兄貴が春行。それだけで、おれならつぶれちゃうような気がするよ。でも秋宏は、全然そんな感じがない。すごいわ」

「大げさだよ。周りからはそう見えるのかもしれないけど、実際に兄貴なら、そんなふうには考えない。ただ兄弟。それだけ」

「おれにも弟がいるけど、秋宏みたいに、できたやつじゃないよ」

「ぼくもできてないよ」

「弟とかいうのは関係ないかもな。秋宏は、単に人間ができてるんだ」

「だからできてないって」

「またさ、飲みに行こうぜ」

「うん。行こう。ぼくが出ていってもいいし、ウチに来てくれてもいいよ。未佳さんを連れて。そしたら百波ちゃんも来るでしょ。春行まで来るかも」

「それはいいな。楽しそうだ」

「『あなたには負けますよ』なんてセトッチが言ったら、春行、きょとんとすると思うな。まちがいなく、『おれのほうが負けてんじゃん』て言うよ。ほら、セトッチは、春行が落ちた大学に受かってるから。とにかくさ、仲よくやってよ、未佳さんと。百波ちゃんもそうしてほしいだろうし」

「わかった。どうもな」

「うん」

「じゃあ」

「じゃ」

そして通話が切れた。ツー、ツー、ツー、という音が流れる。

今回は、そのツー、ツー、ツー、が心地いい。セトッチとは、いつもこうなる。こうなれる。

＊　＊

木陰。川べり。橋の下。今井さん宅。

公園に行くまでもない。みつばとちがい、四葉には、休憩できる場所がたくさんある。木陰なら、それこそ無数にある。川べりにもいくつかいいポイントがあるし、その川べりに含まれ、雨風がしのげる橋の下には、二ヵ所それがある。今井さん宅は、家そのものが高台にあるので、眺めがいい。国道を挟んで、みつばの町を見下ろせるようになっている。

去年の三月まではなかったのだが、四月には庭に柵がつくられた。小学校に上がる孫の貴哉くんが一緒に住むことになったからだ。そこには、今井さんがどこからかもらってきた青い横長のベンチがある。わたしがいないときも勝手に休んでくれていいから、と今井さんには言われている。お言葉に甘え、たまには休ませてもらうようになった。貴哉くんが休みで家にいる土曜日なんかに。

とはいえ、さすがに毎週というわけにはいかない。今週は、やめておいた。

ではどこにしたかと言うと、いつもの神社にした。バスの終点にもなっている四葉神社ではない。名もない無人の神社。いや、名前はあるのだろうが、ぼくは知らない。近くに住む人たちも知らないかもしれない。そんなふうに思わせる、神社だ。

大きさは、みつば第三公園と同じぐらい。そこに、小さな社殿があり、ベンチが二つある。敷地は木々に囲まれている。どれも大きな木で、枝ぶりがいい。だから、うまい具合に神社全体が日陰になる。それでいて、木々の間や枝のすき間から陽は射しこむ。薄暗いが、休憩には最適だ。夏は涼しいし、だからといって冬は寒いわけでもない。陽の射しこみは弱い代わりに、木々が冷たい風を遮ってくれる。

みつばから少し離れただけでこうなるんだから不思議だな、といつも思う。例えば東京の街は通りを一本挟んだだけで風景が変わったりするが、そういうのともまたちがう。距離は距離としてある。近くかつ遠い、という感じ。同じ蜜葉市でも、みつばは埋立地で、四葉は昔からずっとあった土地。そんなことも、関係しているのかもしれない。ニスなど塗られていないまさに木片といった趣のベンチに座り、微糖の缶コーヒーを飲む。コンビニで買ったのだが、そこからここまではバイクで三分。早く飲まないと冷えてしまう。冬は本当にすぐ冷えるのだ。プルタブを開けた途端、冷えが一気に加速するのがわかる。

土曜日の午後三時。何とも言えない時間だ。やはり土曜日の空気というものはある。住宅密集地のみつばほどではないが、四葉にもある。空気の質が変わるのではなく、その流れがゆったりする。

ジャージのパンツにパーカーにキャップ。そんな服装の女性が神社に入ってくる。外見からわかるとおり、走ってだ。社殿に近いところで立ち止まる。屈伸(くっしん)し、伸脚(しんきゃく)する。手首足首をまわし、アキレス腱を伸ばす。

ジロジロ見ては失礼なので、目は向けない。タイミングが悪いわね、何でこんなとこで休んでんのよ、と思われたかな、と思う。

アキレス腱を伸ばし終えたその女性は、ぼくが座るベンチのところへやってきた。

「やっぱり。郵便屋さんだ」

制服を着ている。バイクも駐まっている。郵便屋であることは一目でわかる。なのに、その言葉。知り合い？

　顔を見る。

　キャップを深くかぶっていたせいで、またメガネをかけていなかったせいで、気づかなかった。何と、栗田先生だ。四葉小の。

「あ、どうも。すいません。気づきませんでした」

「いえ。ごめんなさいね。ヘルメットをかぶってなかったから、わたしはすぐに気づいたんだけど。ちょっと体操をしてからと思って。休憩中？」

「はい」

　まただ。このままだと、栗田先生には、ぼくの仕事は四葉小への配達と休憩だけだと思われてしまう。

「わたしもちょっと休憩。座ってもいいですか？」

「どうぞどうぞ」

　以前ここで休んだとき、谷さんは隣のベンチに座った。が、栗田先生は同じベンチに座る。もちろん、距離はとって。

「いつも走ってらっしゃるんですか？」と尋ねてみる。

「いつもというか、土日は。体育の授業なんかもあるんで、ちょっとは鍛えておかないと、子どもたちに負けちゃいますから。今は一年生の担任だからいいけど、五、六年生には負けちゃいます。三、四年生でも、ちょっとあぶない。郵便屋さんは、いつもここで休憩を?」

「いつもではないですけど、たまに。今井さんのお宅に行ったり、ここに来たり」

「あぁ。そうでしたね」と栗田先生が笑う。「すぐに気づきはしましたけど、初めは別の人かと思いましたよ。前に一度、まちがえちゃったことがあって。こうやって走ってたときに、ここで郵便屋さんに会ったんですよ。その社殿の前で手を合わせてたから、こんにちはって声をかけたら、想像してた春行さんじゃなくて。あちらもいきなり声をかけられて驚いたみたいで、どうもとだけ言って、すぐに行っちゃいました。悪いことをしたなと思って」

どうもとだけ言って、すぐに行っちゃう人。谷さんかもしれない。

「手を合わせてたんですか?　その局員」

「ええ」

谷さんが異動してきたばかりのころなら、谷さんぽくないと思っていただろう。でも知らなくてもいい事実をいくつか知ってしまった今は、むしろ谷さんぽいと思う。

「先生は、あれですか、この辺を走ってらっしゃるということは、お住まいもこの近くなんですか？」

「ええ。住所番地をすべて知ってる郵便屋さんに隠してもしかたないんで言っちゃいますけど。ここから少し先のアパートに住んでます。わかります？　フォーリーフ四葉」

「フォーリーフ。はいはい」

もちろん、わかる。フォーリーフ四葉二〇三号室。栗田友代さん。いる。その栗田さん、栗田先生だったのか。

「フォーリーフ四葉って、すごい名前ですよね」と栗田先生がやはり笑み混じりに言う。

「四葉四葉、ですもん。複数形だから、本当ならフォーリーブス四葉とかにするべきかもしれないですけど」

「えーと、蜜葉市のご出身なんですか？」

「いえ、そうではなくて。わたしね、いつも赴任した学校がある町に住むことにしてるんですよ。そのほうが楽だし、子どもたちのことも身近に感じられるから。といっても、まだ一度しか異動してないので、ここが二ヵ所めなんですけど。ただ、前もそうだったし、次もそうしようとは思ってます」

「で、今はフォーリーフに」

「ええ。だから、四葉のハートマートなんかにも、よく買物に行きますよ。足をのばしてみつばの図書館にも行きますし」

「そうやっていろいろな町に住むのも、おもしろそうですね。その偶然性がいいというか」

「こう言っちゃうと熱心ないい先生みたいですけど、そういうわけでもないんですよ。車が苦手っていう理由もあるんで」

「車」

「ええ。ほら、学校は車通勤オーケーだったりするから、離れたところに住んでもそんなには困らないんですよ。でも、車、こわいんですよね、わたし。何か、うまく操れないっていうか。免許は持ってるんですけど、実際に運転してみて、あ、これは無理だな、と思いました。だから、車どころかバイクを乗りこなす郵便屋さんはすごいなって、感心しちゃいます」

「バイクと車は別ですよ。ぼくも、車はちょっと苦手です。バイクは、何ていうか、こう、自分と一体になる感じがあるんですけど、車は、先生がおっしゃったみたいに、操る感じになっちゃうんですよね。操るのはぼくも苦手です。今でも、縦列駐車とか、かなりいやですよ」

「縦列！　無理無理、絶対無理！　乗ってた初めのころ、わたし、コンビニの前に縦列駐車するのがこわくて、前後に車がないずーっと先に駐めたりしてましたもん。それで、コンビニまで百メートルぐらい歩いて戻ったりして」

「ちょっとわかります。ぼくも、三十メートルまでなら戻るかも」

「ただ、電車なら電車で、困っちゃうんですよね。学校って、駅から遠いところにあったりもするから」

「あぁ。それで近くにお住まいに」

「はい。もういい歳だから、あちこちフラフラしてちゃいけないんですけどね」そして栗田先生は言う。「で、たぶん、この四月には異動なんですよ。わたし」

「あ、そうなんですか」

「ええ。これで丸五年だから」

「じゃあ、四葉にも五年、ですか」

「ですね。ここ、空気がきれいで、それにしては便利なんで、すごくよかったんですけど。こうやって気持ちよく走れたりもするし」

自分だけ飲んじゃって悪いな、と思いつつ、缶コーヒーを飲む。冷たくはない。が、すでにぬるくはなっている。一月の屋外。冷蔵庫にいるようなものだ。

ぼくは栗田先生にこんなことを尋ねてみる。

「先生、あの」

「はい？」

「小学校でも、登校拒否をする子は、いるんですよね？」

「いますね、何人かは」

「やっぱり、いじめとかが原因なんですか？」

「それが多いですけど、すべてとは言えないですね。おウチに問題がある場合もありますし、はっきりした理由はなく、ただ行きたくないっていう場合もあります」

「そういう子たちは、また学校に行くようになるんですか？」

「問題が解決すれば、そうなってくれることもありますね。とはいえ、すっきり解決することと自体が少ないというのが実情ですけど。小学校の場合は、出てこなくても、ほぼ自動的に学年が上がっていきます。で、中学校に預ける形になっちゃう」

「先生は、子どもたち同士の問題に、気づけるものですか？」

「気づこうとはしますけど、全部は気づけないでしょうね。誰と誰は仲がいいとか、誰と誰はよくないとか、大まかなことはわかっても、個別の関係までは把握しきれないと思います。それを踏まえたうえで、できることはしなきゃいけないんですけど」

でも限界はあるだろう。だから不用意に、シバサキだからSだろ、などと言ってしまうのだ。悪気はもちろんないし、たぶん、避けられない。ただ、そのあとのフォローぐらいはしてほしい。誤配と同じ。そのあとが大事、だ。

「何かあったんですか？」と栗田先生に訊かれる。

「あ、いえ。知り合いの中学生に、そういう子がいたもんですから」

「小学校も大変ですけど、中学校はもっと大変でしょうね。自意識が強くなってくるし、そこにケータイだの何だのが絡んでくるから。便利なことは便利。楽しいことは楽しい。それをつかうなと言ったって、無理ですもんね」

「そう、なんでしょうね」

「小学生でも、もう持ってる子は持ってますからね、ケータイ。すすんで持たせる親御さんもいらっしゃいますし」

風の音が聞こえる。木々の葉が、それを聞かせてくれる。真冬とはいえ落ちずに枝にとどまっている葉々が。そんなだから、音はサワサワではなく、カサカサになる。

キャップをとって、栗田先生が言う。

「いいお仕事ですよね」

「はい？」

「手紙を配達するって」

「あぁ。はい。そう思います。まあ、なかには督促状なんかもあるんでしょうけどね。要するに、受取人さんからはあまり歓迎されない手紙も」

「あるでしょうね。わたしも、ありますよ。来てほしくない手紙。ちょっと意味合いはちがうし、幸い、まだ来てもいないけど、これからも来てほしくない手紙」

「来てほしくない手紙」

「それじゃよくわからないですよね」

「えーと、はい」

「レイちゃんていう子がね、いたんですよ。女の子。わたしが四葉小に来た初めの年。二年生でした。なので、今は六年生。すごくおとなしくて、あまり目立たない子でした。逆に言うと、だからこの子はだいじょうぶだと安心しちゃったようなとこもあって。レイちゃんのお宅は、ご両親が離婚されてて、レイちゃんはお母さんに引きとられてたんですよ。そのお母さんが、いわゆるネグレクト状態になっちゃって」

「親が子の面倒を見なくなる、というようなことでしたっけ」

「ええ。で、じき手を上げるようにもなって」

「あぁ」

「よく、虐待はアザとか火傷のあととかで発覚するって言いますよね？　でもあれって、相当なことなんですよ。火傷はともかくとして、アザは、かなり強く殴らないと残らないですよね？　ビンタとかなら、一時的に手のあとはついても、すぐに消えますよ」

「結構な打撲だって、はっきりしたアザまでは残らなかったりしますもんね」

「ええ。それが残るって、何なんでしょう。手で殴るんじゃないんですよ、だから」

ものでで殴る、ということだ。おそらくは硬いもので。小学二年生の女子を。

「お母さんに殴られる。唯一頼っていい人に殴られる。想像もできませんよ。どんな気分になるんでしょう、それ」

「兄弟姉妹は、いなかったんですか？　レイちゃん」

「ええ。一人っ子でした」

「今も、四葉小に？」

「いえ。お父さんのご実家に引きとられてます」

お父さんにではなく、お父さんのご実家に。簡単にはいかないことがあれこれあるのだろう。

「レイちゃんがおとなしい子だとはいっても、何らかのサインは出してたはずなんですよ。わたし、まったく気づけなくて」

「家のことまでは、なかなか気づけないんじゃないですかね」

「でも、気づけなくてよかったなんて、ちょっとズルいことも思っちゃったりして」

「どういうことですか?」

「ほら、気づいてたのに見て見ぬふりをしてたのなら、もっと罪悪感が強いだろうから」

「あぁ。でも、結局はわかったんですよね。どうやってわかったんですか?」

「レイちゃんのお母さんが、そのとき付き合ってた男の人と、アパートで、包丁を持ちだすぐらいの大ゲンカをしたみたいで。話が一気に児相まで行っちゃったんですよ」

児相。児童相談所か。

「それで、レイちゃんは最終的に、お父さんのご実家に引きとられることになって。『気づけなくてごめんね』って、わたし、何度もレイちゃんに謝りました。で、言ったんですよ。『先生は、あと四年はこの学校にいると思うから、もし何かいやなことがあったら、お手紙ちょうだいね。絶対ね。約束ね』って。そのくらいしか、できなかったんですよね。レイちゃんはケータイを持たされてなかったから、メールをするわけにもいかなくて」

「ぼくもそうですけど。異動は、ありますもんね」

「ええ。実際、なきゃいけないんだろうし」

なきゃいけない。一ヵ所にあまり長く居つづけると、多くのことがなあなあになってくる。ゆるむ。ぼくだって、たぶん、そうなる。そうならないためにも、配達人と受取人の距離は保たなければいけないのだ。ぎりぎりまでは寄りたい。でも、踏みとどまらなければいけない。

「わたしね、その四年を、一つ、勝手に区切りにしてるようなとこがあるんですよ。四年連絡がなければレイちゃんはだいじょうぶだろうって。その四年が過ぎたらあとはもう知らないという意味では決してなく。もちろん、あのときで小二だったレイちゃんがわたしとの約束を忘れてる可能性もあるし、そもそも約束と認識してない可能性だってあるんですけど」

「忘れてはいなかったんじゃないですかね、レイちゃん。困ったら先生に手紙を出せばいいと思えたっていうのは、すごく大きいと思いますよ。実際には出さないとしても、大きいと思います」

「だといいんだけど。結局、受け持った子の面倒をどこまで見られるのかっていう話なんですよね。担任でいるあいだだけ。そう割りきる先生もいますよ。冷たいように聞こえますけど、それはそれで悪いことでもない。むしろお互いにとってベストかもしれない。でもそこは人間ですからね、なかなかそうもいかないです」

わかる。ただの配達人でしかないぼくが、ただの受取人でしかない柴崎みぞれちゃんのことを気にかけてしまうくらいだから、担任の先生ならそれどころではないにちがいない。

本当は、自分から手紙を出したいくらいだろう。レイちゃん、だいじょうぶ？　元気？　と。だがもう担任でもなければレイちゃんが通う学校の先生でもないのにそれをやるわけにはいかない。前の学校の先生から来たその手紙をレイちゃんの祖父母が見たら不快に感じるおそれもある。

来てほしくない手紙。と、さっき栗田先生は言った。来てほしくない手紙を、待たないという形で、待っているわけだ。ツラいことではある。何せ、実感がない。自分でそう決めただけで、明確な終わりがあるわけでもない。

「前から思ってたんですけど、先生は、受け持った子たち全員のことを覚えてるものですか？」

「わたしは覚えてますね。でもそれは、まだ九クラスしか持ってないからかもしれない。そこは何とも言えません。わたし自身の記憶力が低下するだろうから、歳をとるにつれて少しずつ忘れていくのかも。もちろん、レイちゃんのことは忘れませんけど」

「九クラス分を覚えてるだけですごいと思いますよ。だって、えーと、三百人ぐらいですよね。単純計算で」

「一年一緒にいれば忘れませんよ。そのあいだ、ほぼ毎日顔を合わせてますし。特に小学校の場合は、教科のほとんどを担任が持ちますから。忘れるよりは、子どもたちが大きくなってわからなくなっちゃう可能性のほうが高いかもしれません」

「なるほど」

「でも、いやですね。不可抗力とはいえ、この先、覚えてる子と覚えてない子が出てくるっていうのは。印象深い子とそうでない子っていうふうに区別しちゃってるみたいで」

「それは、しかたないでしょうね」

しかたない。どうしても、そうなる。忘れるものは忘れる。ぼくだって、前にいた局の受取人さんのことまでは覚えてない。ただ、現場に戻れば、つまりその町に戻れば、案外簡単に思いだせそうな気もする。

「すいません」栗田先生が座ったまま頭を下げる。「気安く個人的なことを話しちゃって。ほかの先生がたとも、滅多にこんなことは話さないのに。何なんでしょう、話しやすそうな春行の、じゃなくて春行さんのイメージがあるのかな」

「本物とちがって、ぼくはトークはダメですよ。この人すごいなぁ、と思いながら、いつもテレビの春行を見てます」

「こないだ職員室でお話したときから思ってましたけど。弟さんなのに、春行って呼ぶんですね」

「そうですね」

「でも、そうか。それが芸名ですもんね」

「その春行は本名ですよ。ただ、タレントになる前から、春行と呼んでましたね。春行も、別にいやがらなかったし」

栗田先生は、話しやすそうな春行のイメージをぼくに重ねたから今の話をしてくれたわけではない。そうではなくて。顔見知りになってもう長いから、してくれたのだと思う。

ぼくらはもう知り合って三年近くになる。あいさつ程度とはいえ、会えば言葉もかわす。お互い個人的なことはほとんど何も知らない。決して近くはない。かといって、遠くもない。そういう関係は、結構あるようで、実は少ない。そしてそういう関係は大切にしたいと、ここ何年かで、ぼくは思うようになっている。そこからの進展を望むのではない。その関係だからこそ生まれる信頼を大切にしたい。

微糖の缶コーヒを飲む。もう、ぬるいではない。はっきりと、冷たい。

ぼくは栗田先生に言う。

「郵便配達員がこんなことを言うのも何ですけど」

「はい」

「来ないといいですね。手紙」

ベンチから立ち上がり、ヘルメットをかぶる。

栗田先生も立ち上がり、キャップをかぶる。

「学校でもフォーリーフでも、もし誤配があったら、遠慮なく言ってください。引きとりに伺いますから」

「わかりました。ありがとう」

ありがとうに、ございますが付かないところがいい。

「では」とぼくが言い、

「じゃあ」と栗田先生が言う。

「お互い、もうひとっ走り」

「ええ」

そして、別れた。ぼくはバイクで左へと向かい、栗田先生はランで右へと向かう。

なだらかに左右に曲がる通り沿いにある家々に配達をしながら、顔も名字も知らないレイちゃんのことを考えた。

母親に、アザができるまで殴られる。ひどい話だ。聞くだけで、いやになる。

レイちゃんはそのことを栗田先生に言わなかった。栗田先生を信用していなかったからではないだろう。小学二年生。たぶん、母親のことを先生に言いつけるという発想自体がなかったのだ。たとえ信用していても、先生は身内ではない。たとえ自分に手を上げるとしても、母親は身内だ。誰もが母親を選ぶ。無意識に、守る。

例えば中学二年生の柴崎みぞれちゃんだって、母親の敦子さんを守っていた。自身の不登校の原因を明かさないことで、敦子さんを傷つけないようにした。

そしてみぞれちゃんには、父親がいた。ちょっと休むぐらいいいだろと言ってくれた、誠一さんだ。

レイちゃんには、それがなかった。

氏家（うじいえ）さんというお宅の庭に入っていく。四葉らしい、土がむき出しの広い庭だ。

玄関の引戸の前にバイクを停め、降りた。

まずは、犬小屋のわきで地面にあごをつけて寝そべっている老犬ペロの頭を軽くひと撫（な）でする。巻き尾まではいかない差し尾。白い紀州犬だ。バイクの音に過剰に反応する犬も多いが、ペロはちがう。無反応。まったく吠えない。番犬なのにねぇ、いやんなっちゃうねぇ、と飼主の民子おばあちゃんは言っている。

「こんにちは。郵便です。書留をお届けに伺いました」と、まずは外から声をかける。

「民子さん、いらっしゃいますか？」

おばあちゃんのみの一人暮らし世帯だが、この氏家さん宅は意外にも書留が多い。そのほとんどが現金書留だ。差出人は、氏家清さん。県外に住む息子さんだという。

声へのおばあちゃんの反応はない。

念のため、チャイムも鳴らしてみる。ピンポーン。

やはり反応はない。

土曜日だから、バスでみつば海浜病院に行っているわけではないと思う。ツイてない。

不在通知に必要事項を記入し、引戸の横に掛けられている古びた赤い郵便受けに入れた。

そしてもう一度、ペロの頭を撫でる。今度はきちんと屈んでだ。

ペロペロなめてくるからペロにしたのだとおばあちゃんは言っていたが、すでに老境に入ったペロはペロペロなめてこない。地面にあごをつけたまま、上目づかいにこちらを見るだけだ。

十月に谷さんの通区をしたときのことを思いだす。

谷さんも、こうしてペロの頭を撫でていた。犬、好きなんですか？　と言ったら、別に、と言われた。だがほかの家でも、犬がいれば撫でた。ちょっと意外に感じたことを覚えている。

レイちゃんとくらべていいのかどうかわからない。谷さんは谷さんで、決して幸せとは言えない少年期を過ごしたはずだ。ただ、谷さんには秋乃さんがいた。ぼくで言うところの春行だ。途中で引き離されたとしても、妹がいたことは大きな支えになったと思う。

レイちゃんには、それもなかったのだ。

立ち上がってバイクに乗り、通りのほうへと引き返す。

ワフ！　とペロがいつものようにそこでひと吠えする。吠えたというよりは、別れのあいさつをしてくれた感じだ。ワン！　ではなく、ワフ！　たぶん、ペロなりに変化をつけている。威嚇(いかく)ではありませんよ、とこちらに伝えている。

垣根が途切れているだけの出入口から通りに出ようとする。右から走ってきた人とぶつかりそうになり、あわててブレーキをかける。

「やっ」とその女性が声を上げる。

左右を確認するつもりでいたから、停まれた。あぶなかった。

バイクに乗る以上、どんなに気をつけていても、年に一、二度はこんなことがある。気をつけているからこの程度ですむ。すむが、心臓にはよくない。たまきの元カレシである岩崎幸司さんとぶつかりそうになったときも、こんな感じだった。

「あぁ、よかった」とぼくに言うその女性は、何と、栗田先生だ。「ごめんなさい」

「いえ、こちらこそ。でも、何で」

「追いかけてきました。走って。ダッシュで」

ここは四葉。みつばのように住宅が密集しているわけではない。配達を再開してまだ五軒めだが、さっきの神社からはすでに四、五百メートル離れているだろう。

「一本道だから、右側の家、左側の家って、順番に、配達するんだろうと思って。実際、前に、あの神社で見た郵便屋さんも、そうしてたから。すいません。ちょっと、息が切れちゃって」

栗田先生は、両手を両ひざに当てて前屈みになる。そうやって、呼吸を整える。

そのあいだに、ぼくはバイクを降り、垣根のわきに駐めた。少し迷ってから、キーをまわしてエンジンも止める。

「ほんと、ごめんなさい。お仕事中なのに」

「いえ、かまいませんよ」

民子おばあちゃんが不在でむしろツイてたな、と思う。すぐに現金書留を渡せていたら、不在通知を書く手間が省け、今ごろぼくはもっと先に行っていたはずだ。続く二軒に今日は郵便物がないから、栗田先生は追いつけなかったかもしれない。

「もうだいじょうぶ。もち直しました」

そう言って、栗田先生が顔を上げ、背すじを伸ばす。

「何かご用でした？」

「ええ。あまりにも個人的で、身勝手な用」

「はぁ」

「まったく気づけなかったっていうあれ、うそでした」

「はい？」

「レイちゃんのことにまったく気づけなかったっていう、あれ」

「あぁ」

「厳密にはうそというわけでもないんです。ただ。気づいてはいなかったけど、積極的に気づこうともしてなかったっていうのは、やっぱり事実なんですよ。トラブルを避けたいという気持ちが少しもなかったとは、言えない」

言っていることはわかるが、その奥にある、言わんとすることがわからない。ぼくはつい、栗田先生の顔をぶしつけに見てしまう。

「わたし、郵便屋さんにズルいことを言いました。自分にとって都合のいいことだけを伝えたというか、自分を正当化しようとしたというか。郵便屋さんと別れて一人で走りながら、思いました。今ここでそれを認めておかないと後悔するなって。これからもずっとこのままだなって」

「えーと、それは」

「来てほしくない手紙を待つんじゃなく、レイちゃんに会いに行くことにしました。もしかしたらやり過ぎかもしれないけど、そんなふうに区切りをつけようと決めました」

「そう、ですか」

「わたしね、この先もずっと教師を続けたいんですよ。例えば結婚しても。子どもを産んでも。そのためにも、きちんと責任をとることにしました」

「それを、どうしてぼくに？」

「いかにもいい先生みたいなズルいことを言っちゃったし。人に言うことで、あと戻りできなくしちゃおうとも思って」

一人で無理をしないでウチに戻ってこいと、離婚した娘の容子さんへの素直な気持ちを手紙に託した今井さん。あの今井博利さんとは逆だ。直接会いに行く。あえて会いに行く。

　栗田先生とレイちゃんの場合は、手紙を出すよりも、そうしたほうがいいのかもしれない。レイちゃんの祖父母も、四年もの時を経て直接会いに来た元担任教師の気持ちを曲解することはないだろう。

「ごめんなさい。結局、郵便屋さんをいいように利用しちゃって。できればすぐに言っておきたかったんですよ。学校に配達に来てくれたときにこんな話はできないし」

「職員室でほうじ茶を飲みながら、は変ですもんね」

「ええ」と栗田先生が笑う。表情がやわらかくなる。「でも、またほうじ茶は淹（い）れますよ。たぶん、三月までしか淹れられないから」

　別れのあいさつをしたのに君は何故まだそこにいるのか、とばかりに、ペロが、ワフ～ン、と言う。

「賛成だ、と彼も言ってます」とぼくは言う。「何ていうか、こう、送り出してくれるときだけ、あんなふうに吠えるんです」

　栗田先生が、なおも笑って、言う。

「郵便屋さん、お兄さんに負けてないですよ」

「どういうことですか？」

「口がうまい」

肯定も否定もしない。ぼくもただ笑う。

キーをまわしてエンジンをかける。バイクに乗る。

「では」とぼくが言い、

「じゃあ」と栗田先生が言う。

「お互い、あらためて、もうひとっ走り」

「ええ。安心してください。今度は追いかけませんから」

そして、別れた。ぼくはバイクで左へと向かい、栗田先生はランで右へと向かう。

一度も振り向かなかった。栗田先生もそうだろうと思って。

残りの配達を終えて局に戻ったのは、午後四時すぎだった。

土曜日は、局舎のなかの空気までもがゆったりしている。管理者クラスは休みの人が多いし、貯金や保険の窓口も閉まっているからだ。

車庫から集配課に戻り、転送還付の処理をしていると、背後から言われた。

「平本。サイン、どうもな」

振り向いて、言葉を返す。

「あ、いえ。着きました?」

「らしい。さっきメールがきた」

「そうですか。よかった」

周りには誰もいなかった。谷さんは、タイミングを計って声をかけてきたのだ。ぼくが基本的には春行のサインを人に頼まれても断ることにしているのを知ってるから。

「スゲえ喜んでた、妹。二十七だっつうのに」

「じゃあ、春行と同じですよ」

「そうらしいな」

「はい」

サインは、春行がぼくのアパートに来たときに頼もうと思っていた。が、相変わらず忙しいらしく、なかなか来なかった。だから自ら電話をかけて、頼んだ。

せっかく電話をしたので、かなりのファンみたいだから、谷秋乃さんへと書くだけじゃなく、ラヴ・アンド・ピースも描いてくれとお願いした。ラヴ・アンド・ピースというのは、ハートのマークと、ピースサイン、つまりじゃんけんのチョキのイラストを並べたものだ。

ぼくのアパートにサインを送ってもらい、ぼくが谷さんに渡す、というのも二度手間なので、直接谷さんのアパートに送ってもらうことにした。差出人はぼくでいいから、と言って。

でもそれじゃありがたみがないだろ、と、サービス精神旺盛な春行は言った。住所は秋宏のにさせてもらうけど、名前は平本春行にしとくよ。貴重だぞ、これ。だって、平本春行はもう存在しないんだから。

その春行のサインが、今日届いたというわけだ。妹の秋乃さんと二人で暮らす、谷さんのアパートに。

「おれも、ちょっとは好きになるわ。春行」と谷さんが言う。

好きになったわ、ではなく、好きになるわ。

努力してみるわ、という感じがいい。

「谷さん」とぼくは言う。「帰りに、コーヒーでも飲んでいきましょうよ」

休憩所で、同じ銘柄の缶コーヒーを飲む谷さんとぼく。

悪くない。

というか、ちょっと笑える。

＊　＊

せっかく谷さんのところにサインを送ってもらったのに、その後、春行はすぐにぼくのアパートにやってきた。百波と一緒にだ。

ただし。

今回は、ぼくと合わせた三人だけではない。四人。何と、たまきがいる。ぼくが呼んだのだ。

〈今週の土曜、久しぶりに行くわ、百波と〉

春行からそんなメールがきたとき、いい機会だと思い、ぼくはこう返信した。

〈了解。カノジョができたよ〉

すぐに電話がかかってきた。

「マジで?」

「マジで」

「会わせろ会わせろ」

その日のうちに、百波からもメールがきた。

〈会いたい会いたい〉

だから、呼んだ。

「おぉ。初めまして」と春行は言い、

「いや〜ん。初めまして」と百波は言った。

「お邪魔してます。アキにお世話になってます」とたまきが返す。

春行より一つ上の二十八歳。四人のなかでは最年長ということもあって、たまきは落ちついていた。「ほんとに兄弟だったんですね」と言ったりする。「ほんとに百波さんと付き合ってるんですね」と言ったりもする。

春行とぼくはビール、百波とたまきは梅サワー。四人で乾杯した。

梅のり塩味のポテトチップスを一気に三枚ほどサクサクッと食べて、春行が言う。

「こないだ家族四人でメシは食ったけど、ここに来んのは久しぶりだな。どんくらいになる?」

「うーん。一年ぶりくらいかな」とぼくが応える。

「わたしは一人でも来てるけどね」と百波。

「まさか二人で変なことしてないだろうな」

「したよ。お姫さま抱っこ」

「何だそれ」

「してねって、わたしが秋宏くんに頼んだの」

「してねって、お前、エロすぎ」

「は？　どっちがよ。バカ。ヘンタイ」

言葉はキツいが、百波は楽しそうだ。

たまきとぼくがコンビニで買っておいた塩焼きそばやらチキン南蛮（なんばん）やら豚キムチ炒めやらを、分け合って食べる。ビールを飲み、サワーも飲む。奇蹟的に明日は四人全員が休みなので、結構飲む。といっても、自営業のたまきは、自身の裁量で明日を休みにするだけだが。

「こう言ったら何だけど、春行くんも百波ちゃんも、意外と普通だね」と、たまきが、そう言ったら何、なことを言う。

「普通だよ。秋宏は変わってるけど、おれは普通。百波も普通。テレビの四角い枠に入るから特別に見えるだけ」

「あ、今の深い」とたまきが感心する。

「マジで？　おれ、深い？」と、そう言ってしまうところが春行は浅い。

でもその浅さこそが強みだ。その徹底した浅さと、計算された軽さが。

「じゃあ、あれだ、場も和んだところで、そろそろ言っちゃうかな。たまきさんも聞いて」変にためをつくらず、春行はあっさり言う。「おれら、一緒に住むことにした」

「え、そうなの？」とぼく。

「そう。今日はその報告に来たんだ。もちろん、たまきさんにも会いたかったけど。一石二鳥。ちょうどよかったよ」

「春行のマンションに住むの？」

「ああ。百波がおれんとこに移る。別に引っ越す必要もねえし」

「ということはさ、春行のマンションから、百波ちゃんも仕事に行ったりするわけだよね？　毎日」

「そりゃそうだよ。同棲すんだから」

「だいじょうぶ？」

「何が？」

「ほら、見つかんないようにってことで、わざわざここで会ってるわけじゃん。バレる可能性が、かなり高まるよね？」

「だな」

「だなって」

「バレたらバレたでいいや。と、そう思えたんだよな。自分から言いはしないけど、もう無理に隠さなくていいやって。付き合ってんのは事実だし」

「じゃあ、えーと、もうここには来ないってこと？」

「来るよ。こうやって酒飲みに。ただ、隠れ家ってことではなくなる。これまで悪かったな、いいようにつかっちゃって」

「いや、そんなのはいいけど」

「いいけど？」

「ほんとに、だいじょうぶ？」

「だいじょうぶだって。何だよ、祝福しろよ。めでたいんだから」

「あぁ。うん。おめでとう。百波ちゃんも、おめでとう」

「おめでとうは何か変」と百波が笑う。「でも、ありがとう」

春行の中道結月問題は解決したのだろうか。あのオマール海老に端を発した浮気疑惑は。

「すごい」とたまきが言う。「今、わたし、超ド級のゴシップネタ誕生の瞬間に立ち会ってる」

「売らないでくださいよ、ネタ」と百波。

「残念。売り方を知らない」とたまき。

最年長と最年少。四歳差。早くも打ち解けた二人は、仲のいい姉妹に見える。いや、友だち同士に見える。みぞれちゃんとリオちゃんのような。

「で、これは黙っとこうかと思ったんだけどさ」春行がビールをゴクリと飲んで、続ける。「やっぱ言うわ」

「うん。何？」

「いや、秋宏にじゃなく、百波に」

「ん、何？」

「おれ、実はあのあとにもう一度だけ、中道さんとメシ食いに行った。二人で」

「あのあとって、海老のあと？」

「そう」

「聞いてないよ」

「だから言ってんだって。聞きたくなきゃ、やめるけど」

「ここでやめられるわけないでしょ。言ってよ」

「じゃあ、言う。で、メシ食いに行って、えーと、何ていうか、誘われたんだ。結局は付き合ったりしなかったから、もう向こうは否定するだろうけど、あれはまちがいなく誘ってたと思う」

「春行は、どうしたの？」

「断った。おれは百波と付き合ってるからって」

「ほんとに?」

「ほんとに」

「言っちゃったの?」

「言っちゃった。おれはマジで、中道さんとどうにかなろうって気でメシを食いに行ったわけじゃないから。また海老を食いに行ったんだよ。店はちがうとこだけど。よそでもオマール海老はあんなにうまいのかと思って」

「おいしかった?」

「そうでもなかった。というか、思ったほどではなかった。期待しすぎたんだな。と、まあ、海老のことはいいとして。秋宏とたまきさんと、百波の友だち、えーと、名前、何だっけ」

「未佳」

「そう。その未佳ちゃんと、あともう一人、秋宏の友だち、えーと、そっちは何だっけ」

「セトッチ」

「そう。セトッチ。その四人以外でおれらのことを知ってるのは、中道さんだけ。だから、もしバレたら、あなたがバラしたんですねって、胸を張って言えるよ。けど、その前に。秋宏、そのセトッチは、誰にもしゃべってないよな?」

「と思うよ。いや、思うじゃなくて、しゃべってない。しゃべるような人じゃないよ。ぼくがいちいち頼まなくても、そんなことはしゃべらない」

「じゃあ、言える。胸を張って」

ぼくのせいで、たまきとセトッチがその事実を知ることになってしまった。未佳さんとぼくに続き、事実を知ることになった三人めと四人めがその二人。ちょっとうれしい。

それにしても。すごいな、春行。中道結月に誘われたのか。人気が落ちてヒマになるどころか、タレントとしての格がどんどん上がっているような気がする。次の食事会を開くのも大変そうだ。

「聞きたくなかったか?」と春行が言い、

「微妙」と百波が言う。

「こういうのは隠し通すのが愛だ、と言う人もいる。かどうかは知らんけど、たぶん、いる。でもおれは、言っちゃうのが愛だと思う」

座が一瞬静まる。

思いだしたように、たまきがピーチサワーを飲み、ぼくがビールを飲む。

反応を窺(うかが)うように、春行がたまきさんを見て、ぼくを見る。そして百波を見る。

「何カッコつけてんのよ。バ～カ」と百波が言う。

みんな、笑う。四人全員が笑う。春行は、やっぱりすごい。

「はい。おれの深刻な告白は終了。百波、今さら同棲をやめるとかいうのは、なしな。もう準備しちゃってっから」

「準備しちゃってるならしかたないから、言わない」

「オーケー」次いで春行がたまきに言う。「アホなカップルだと、思った？」

「うーん」

「正直に」

「ちょっと」

「それ、正解。ちょっとアホぐらいがベストでしょ、カップルは。アホのバランスをうまくとり合うというか。あ、今のいいな。アホのバランスをとり合う。今度バラエティで言お」

「ねぇ、春行さ」と百波。「あのことも、言っちゃいなよ」

「ん？　あぁ」

「もう本決まりなんでしょ？」

「まあな」

「じゃ、いいじゃん」

「お前言って。おれは今の告白で疲れた。バテた」

「じゃあ、言う。あのね、春行、今度映画に出るの。主演だよ、主演」

「へぇ」とぼく。

「やった」とたまき。

「『リナとレオ』っていうマンガ。それが原作の映画」

「あ、知ってる」とこれもたまき。「青春モノでしょ？　リナちゃんとレオくんの十年間、みたいな」

「そう」

「マンガ、結構売れたよね？　だから映画になるんだろうけど」

「それは完全におめでとうだね」とぼく。「おめでとう。春行」

「おめでとう」とたまきも続く。

「おめでとぅ」と百波までもが続く。「わたし、リナの役、やりたいなぁ。オーディションがあれば受けるのに」

「レオが春行くんで、リナ役は誰なの？」

「まだ未定。中道さんて話もあったらしいよ。流れたけど。百波の可能性も、なくはないだろ」

「事務所次第だね」

「事務所か。ウチの社長が、また秋宏を引っぱりだそうとするかもな。まだあきらめてないみたいだから」

実は前にもそんな話があった。その社長が、単発のスペシャルドラマで、双子かと思いきや双子ではない兄弟の弟の役を、そのものぼくにやらせることを思いついた。そして春行を通じて実際に話を持ちかけてきたのだ。演技経験などまったくない、素人にして郵便局員のぼくに。

もちろん、断った。迷いさえしなかった。ぼくにその手の欲はない。そういうことは、春行がやってくれればいい。人にはやれることとやれないことがあるのだ。ぼくにタレントはやれない。春行はやれる。だから春行がやる。

郵便配達員なら、ぼくはやれる。こう言っては何だが、たぶん、春行はやれない。誤配とか、すごく多そうだ。苦情を言ってきた人に謝るのは、すごくうまそうだけど。

「もしオファーがあったら、秋宏くん、今度は出ちゃいなよ」と百波が言う。

「出ないよ」

「早(はや)っ！　前にも言ったけどさ、役者志望の人たちのことも考えて、ちょっとは迷いな

「じゃあ、百波ちゃんがぼくの代わりに郵便配達をしてくれるなら、やるよ」

「それはいや」

「早っ！　全国の郵便配達員のことを考えて、ちょっとは迷ってよ」

「おぉ、スゲえ」と春行。「何だよ、秋宏。トークもいけんじゃん」

「いけないよ」

「早っ！」

ビールとサワーの缶が空く。何本も空く。各種惣菜の容器も空く。ポテトチップスも、四人で三袋が空く。

「百波ちゃんも春行も、とにかくおめでとう」とぼくは言う。

「秋宏くんは、もう福江でもいいよ」と百波が言う。

「ん？」

「百波じゃなく、もう本名で呼んでくれてもいい」

「あぁ」

「たまきさんとも知り合えたし、これを機に、そうしてもいいんじゃない？　途中で呼び方を代えるよりは初めからのほうが、たまきさんも楽でしょ」

「じゃあ、福江ちゃんも春行も、とにかくおめでとう」

「秋宏はさ、そういうの、すぐに対応すんのな」と春行。

「わたしのことは、付き合ってからもしばらくさん付けだったけどね」とたまき。

「だからさ、自分が納得すれば、すぐ代えられんのよ。頑固かつ柔軟なんだ」

「それは言えてる」

頑固かつ柔軟。初めてそんなことを言われた。意外だ。

「まあ、ぼくのことはいいからさ、春行、フトン持っていきなよ」

「あ？」

「ほら、そっちの部屋のフトン。高級羽毛ブトン」

「何でだよ」

「お祝。一緒に住むなら、フトンいるでしょ」

「わたしが今自分の部屋でつかってるのがあるよ」と百波。

「でも、寝心地いいじゃない。あれ」

いい。こないだ初めてつかったのだ。たまきと。

「持ってくのめんどくせえよ」と春行。

「送るだけじゃん。ぼくが送るよ」

「そもそもおれが秋宏に贈ったんだぞ、引っ越し祝に」

「そうだけど。でも、もうそんなには来ないわけだし」

「だから来るって。来たときにあれがなかったら困るだろ。お前、タレントを畳に寝かす気か？」

「じゃあ、ぼくが自分でお客さん用を買うよ」

あのフトンは春行と百波につかってもらうほうがいい。そんな気がする。ぼくには高級すぎる。寝心地がよすぎる。あまりにもよすぎて、かえって違和感がある。

そしていいことを思いついた。

春行に言う。

「じゃんけんで決めよう」

「は？」

「じゃんけん。ぼくが勝ったら春行のとこに送る。春行が勝ったら、このまま」

考える間を与えない。速攻。

「はい、いくよ。じゃんけん、ぽん！」

ぼくはもちろんパーを出す。最初はパー。柴崎みぞれちゃん直伝、気合のパーだ。

渋っていた春行も、じゃんけん、の声に反応する。出したのは、何と、チョキ。

とっさのことなのに、さすがは芸能人。やはりどこかちがうのだ。でなければ、サインに描くラヴ・アンド・ピースで、チョキには慣れていたのかもしれない。

「はい、おれの勝ち〜。フトンは残留決定」そして、勝者たる春行は敗者たるぼくの傷口に塩を塗る。「秋宏はさ、昔から、じゃんけん弱ぇよな。大げさじゃなく、おれ、八割は勝ってるよ。お前、きっと考えすぎるんだな。相手が何を出すだろうとか」

＊　＊

本田さん。斎藤さん。水谷さん。小川さん。千葉さん。佐々木さん。中野さん。東さん。

左に曲がって。

若林さん。多田さん。児玉さん。長谷川さん。武藤さん。島さん。河合さん。大塚さん。

配りつつ、走っている。赤と白、ツートンカラーのバイクで。

みつば一区。たまきが住むカーサみつばがある、みつばの戸建て区。ぼくのホームだ。

来週は谷さんが四葉に続いてこのみつば一区を通区することになっているので、ホームとはいえ、またしばらく離れることになる。

二月に入り、まだまだ寒い。今が寒さのピークかもしれない。鼻は常に濡れてるし、ハンカチで拭っても拭っても洟はたれてくる。

でも、いずれは春が来ることを知っている。知っているから、これはこれとして楽しめる。いや。今この瞬間は楽しめていないが、過ぎてしまえば楽しめたと感じる。

今日は山部家に書留がある。山部さん。あの板倉さんの隣のお宅だ。芝刈り機の音がうるさくて板倉さんと少しもめたという。早坂くんが板倉勝人様宛の郵便物を誤配してしまったかもしれないという。

書留の宛名を確認する。山部卓次（たくじ）さん。ご主人だ。

門扉のわきにあるインタホンのボタンを押す。

ウィンウォーン。

「はい」と女性の声。

「こんにちは。郵便です。山部卓次様に書留をお届けに伺いました」

「お待ちください」

門扉を開けてなかに入り、玄関の前に立つ。

そのドアが開く。

奥さん。おそらくは山部恵理さんだ。

「ご苦労さま」と伏し目がちに言い、印鑑を渡してくる。

この印鑑、自分で捺す人と渡してくる人の割合は半々だ。ほかには、印鑑を持たずに出てくる人もいる。その場合は、フルネームで署名をしてもらう。そのため、胸のポケットには常にボールペンを挿している。印鑑は持ってこないがボールペンは持ってくる。そんな人はまずいないので。

印鑑を捺し、書留と一緒に渡す。

恵理さんはぼくの顔を見ない。一度も見ない。だから、あ、春行、という表情の変化もない。まるでない。なかにはこういう人もいる。

伏し目がちで、郵便配達員のぼくをまったく見ないからといって、誤配された板倉勝人様宛の封書を開けたのはやはりこの山部恵理さん、とはならない。そんな曖昧な理由で、人を疑ってはいけない。

あれからは半年以上が過ぎた。ちょうどいい時期だと思う。

疑ったからではない。そうであった可能性もゼロとは言いきれないから、ぼくは言う。

「あ、そうだ。えーと、すいません。皆さんにお伝えしてるんですが。もし郵便物の誤配などありましたら、遠慮なく言ってください。そのときは引きとりに伺いますから。

万が一開けてしまったような場合でも、できる限り対応はしますから。では失礼します」

半年以上前のことを今言いだしたとは思われないだろう。この程度なら、疑っているともとられないだろう。現に、疑ってない。

ただ。誤配された郵便物をまちがえて開けてしまってもおかしくはないのだということは、知っておいてほしい。配達員が自分の非を棚に上げてその人のせいだと思ったりはしないのだということも、知っておいてほしい。

ハンカチで鼻を拭い、バイクに乗る。こうした手渡しのときに洟がたれてくるのは、本当に勘弁してほしい。音を立てずに勢いよくすすり上げるのは、案外難しいのだ。

配達を再開する。

バイクで走ることで、風が吹く。ぼくが風をつくりだす。

住宅地内の狭い歩道を、人が歩いていた。片足を少し引きずっているのでよく見たら、あの男性だった。ベイサイドコートの近くで見かけることが多い、あの三十代半ばの男性だ。まだ足を引きずってはいる。でも杖はついてない。

すれちがいざま、軽く頭を下げた。たぶん、あちらも下げてくれた。町は動いている。町のなかで、人も動いている。進んでいる。

春行と百波に密会場所を提供する必要がなくなったことについて考える。カーサみつばについても考える。

春行と百波、その二人とは積み上げてきたものがちがうから、たまきと同棲まではできない。

でも。

かつて岩崎幸司さんが住んでいたたまきの隣の部屋にぼくが住むというのは、ありかもしれない。カーサみつばの二〇二号室。あの部屋はまだ空いている。四葉の今井さんに言えば、すぐにでも契約できるだろう。

たまきのそばに住みたいという理由も、あるにはある。が、四葉小の栗田友代先生が口にした言葉が耳に残っているのだ。わたしね、いつも赴任した学校がある町に住むことにしてるんですよ。というあれが。

自分の配達区に住む。

これまでは、いいことではないと思っていた。

でも今は、自分次第だと思っている。

ツツーッと、洟がたれる。

その洟が風に吹かれ、冷たくも温かい。

この作品は、書下ろしです。
なお、本書に登場する会社等はすべて架空のものです。

みつばの郵便屋さん　先生が待つ手紙

小野寺史宜

2015年2月5日　第1刷発行

発行者　奥村傳
発行所　株式会社ポプラ社
〒一六〇-八五六五　東京都新宿区大京町二二-一
電　話　〇三-三三五七-二二一二（営業）
　　　　〇三-三三五七-二三〇五（編集）
ファックス　〇一二〇-六六六-五五三（お客様相談室）
　　　　〇三-三三五九-二三五九（ご注文）
振　替　〇〇一四〇-三-一四九二七一
ホームページ　http://www.poplar.co.jp/ippan/bunko/
フォーマットデザイン　緒方修一
印刷・製本　中央精版印刷株式会社

©Fuminori Onodera 2015 Printed in Japan

N.D.C.913/290p/15cm
ISBN978-4-591-14307-0

落丁・乱丁本は送料小社負担でお取り替えいたします。
ご面倒でも小社お客様相談室宛にご連絡ください。
受付時間は、月～金曜日、9時～17時です（ただし祝祭日は除く）。

本書のコピー、スキャン、デジタル化等の無断複製は著作権法上での例外を除き禁じられています。本書を代行業者等の第三者に依頼してスキャンやデジタル化することは、たとえ個人や家庭内での利用であっても著作権法上認められておりません。

みつばの郵便屋さん

小野寺史宜

郵便配達員の平本秋宏には年子の兄がいて、今やちょっとした人気タレント。一方、秋宏は顔は兄とそっくりだが、性格はいたって地味、なるべく目立たないようにしているのだが……。「あれ、誰かに似ていない？」季節を駆けぬける郵便屋さんがはこぶ、小さな奇蹟の物語。

ROCKER　ロッカー

小野寺史宜

プチ不登校の女子高生ミミと高校教師の永生は、元いとこ同士。友だちをつくらないミミだが、永生のアパートには遊びに行く。そんなある日、永生が教える学校の生徒で、ミミのことが好きだという高校生が現れる。彼はロック部を創設するというが。ポプラ社小説大賞優秀賞を受賞した、心に響く青春小説。

四十九日のレシピ

伊吹有喜

妻の乙美を亡くし気力を失ってしまった良平のもとへ、娘の百合子もまた傷心を抱え出戻ってきた。そこにやってきたのは、真っ黒に日焼けした金髪の女の子・井本。乙美の教え子だったという彼女は、乙美が作っていた、ある「レシピ」の存在を伝えにきたのだった。

チェリー

野中ともそ

夢のような幸せな日々には終わりが約束されていた――。十三歳の少年ショウタは異国の地でモリーという名の不思議な女性と出会う。はじめは奇妙な行動に戸惑うが、いつしか二人の間には絆が芽生えていった。美しい自然を舞台に繰り広げられる永遠の出会いの物語。

解説／藤田香織

多摩川物語

ドリアン助川

映画撮影所の小道具係の隆之さん、客の少ない食堂で奮闘する継治さん、月明かりのアパートで母をしのぶ良美さん……。多摩川の岸辺の街を舞台にくりひろげられる人生ドラマ。名もなき人びとの輝ける瞬間をえがく連作短篇集。